우울하지만 괜찮아

우울하지만 괜찮아

초판 1쇄 발행 | 2019년 2월 27일

지은이 | 이동훈
펴낸이 | 공상숙
펴낸곳 | 마음세상

주 소 | 경기도 파주시 한빛로 70 515-501

출판등록 | 2011년 3월 7일 제406-2011-000024호

ISBN | 979-11-5636-314-9 (03810)

원고 투고 | maumsesang@nate.com

* 값 13,000원

* 마음세상은 삶의 감동을 이끌어내는 진솔한 책을 발간하고 있습니다. 참신한 원고가 준비되셨다면 망설이지 마시고 연락주세요.

이 도서의 국립중앙도서관 출판예정도서목록(CIP)은 서지정보유통지원시스템 홈페이지(http://seoji.nl.go.kr)와 국가자료종합목록시스템(http://www.nl.go.kr/kolisnet)에서 이용하실 수 있습니다. (CIP제어번호 : CIP2019003413)

우울하지만 괜찮아

이동훈 지음

마음세상

이제, 조금은 쉬어가도록 해요

고등학교 졸업이 다가오던 어느 날 나는 내 친구들에게 내가 가장 좋아하는 단어 두 개인 꽃과 소나무를 이용하여 글을 써줬다.

그래, 이제 꽃처럼 활짝 피고 소나무처럼 한결같아져라.

나에게 꽃이란 남들에게 행복한 향기를 뿜어내어 많은 사람을 미소 짓게 해주는 소중한 행복의 향기를 지닌 존재이고 나에게 소나무란 항상 변함없이 한결같은 모습으로 항상 우리의 곁에 머물러 있는 어디를 가더라도 볼 수 있는 존재이기에.

우리가 어디를 가든지 항상 행복의 향기를 전해주고

우리가 어디에 있든지 항상 남들에게 힘이 되어주라는 마음으로

그리고 가끔은 서로에게 위로가 되어주고 쉬어가길 바라며 썼다.

그래, 꽃들도 본인의 모아왔던 모든 행복의 향기를 뿜어내고 잠시 쉬어가며 다시금 본인의 향기를 모으는 것처럼 우리도 때로는 남들에게 그렇게 많은 향기를 내어주고 쉬어갈 때도 있어야 하지 않을까. 우리가 아무리 많은 사람에게 행복을 내어주더라도 그 향기가 끊임없이 나올 리는 없고 나 자신에게도 행복의 향기를 맡게 해줄 수 있어야 하니까.

그래, 소나무도 항상 변함없이 같은 공간에서 우리를 기다리고 있는 것처럼 우리도 서로가 힘들고 아파할 때 힘이 되어주고 아픔을 이겨내게 해줄 수 있지 않을까. 우리가 나이를 먹음에 많은 것들이 변화하더라도 우리의 그 처음 가졌던 우정과 그 마음들을 잊지 않고 또 잃어버리지 않고 서로에게 위로가 되어줄 수 있으면 좋겠어. 서로가 서로에게 쉬어갈 수 있는 쉼터가 되었으면 좋겠어.

아픔도 슬픔도 이겨내게 해주고 행복도 위로도 서로에게 선물해줄 수 있는 그런 서로에게 쉼표 같은 존재가 되어줬으면 해.

우리가 같은 추억을 공유하고 또 서로에게 힘이 되어주듯이 우리가 하는 모든 것들이 많은 사람에게 행복을 줬으면 해 때로는 서로 이해하지 못하는 것들도 있고 서로 다른 생각을 할 때도 있지만 결국 우리는 추억이라는 이름으로 세상의 빛이 될 테니까.

나, 우리 혹은 너라는 추억이

제1장
어제의 나

우울을 봤지만 못본척 했던 지난 날 우울을 알았지만 애써서 아닌 척 하며 보냈던 지난날은 이미 지나가버렸으니 이제는 우울을 인정하고 살아가 볼래 우울이 지금까지 날 기다려줬던 것처럼 이제는 우울과 함께 웃어볼래.

우울아, 안녕 이제는 우리 세상 밖에 나와 함께 걷자 웃으면서. 지금까지 널 모른척 하며 숨겨온 지난날이 뚝뚝 떨어내려 갈 만큼 행복한 미소를 지으면서 천천히 걸어나가보자. 웃으면서.

우울아, 안녕.
오늘도 잘 부탁해.
지금까지 날 기다려줬던 것처럼
이제는 세상 밖에 나와 함께 걷자.

어제의 내가 나에게 주는 글.

우울을 품고 태어난 아이

―

우울이란 때론 나에게 아무런 이야기도 하지 않고 찾아온다. 그리고 나에겐 오래된 친구처럼 한동안 보지 않아도 어색한 느낌 하나 없이 친근한 느낌을 주기도 하더라. 난 우울이 언제부터 나와 이렇게 친한 사이가 되었는지 나 스스로에게 질문할 만도 한데 그저 조금만 참으면 또 금방 지나가겠지라는 생각으로 하루하루를 보낸 것 같다. '우울은 언제부터 나와 함께 했을까?

난 한 번씩 나에게 오는 우울에게 물었다. "대체 넌 왜 나에게 있는 거야, 왜 내가 원하지도 않는데 찾아오는 거니." 그렇게 물어보니 우울은 나에게 작은 목소리로 대답해주더라. "난 항상 네 마음속에 있었는데, 왜 날 숨기려고 하니." 그래, 우울은 누군가가 만들어준 것도 아니고 바로 나 자신이 스스로 만들어 낸 이 세상에 하나밖에 없는 나만의 감정이라는 걸.

'나 자신을 숨기려고 하다 보니 나 자신을 잃어가는 것.'

난 사람들이 소위 말하는 어머니의 껌딱지 혹은 부끄러움이 많은 아이였다고 한다. 누군가가 나에게 호의적으로 다가와도 절대로 먼저 다가가지 않았고 항상 어머니의 곁에서 남을 경계하며 또 상대방이 어떤 사람인지 살펴보는 게 나의 일과였는지도 모른다. 부끄러웠던 것보다 내가 모르는 누군가에게 마음을 열어주는 게 힘든 일이었던 게 아니었겠냐고 나는 생각한다.

그렇게 내가 모르는 사람이 나에게 먼저 다가왔을 때 나는 무서웠던 마음도 부끄러웠던 마음도 남을 경계했던 마음도 다 나 스스로 만들어낸 작은 감정들이 모여 점점 커졌던 게 아닐까 생각한다. 그렇게 작은 감정들이 모여 점점 커졌을 때 우울은 나에게 서서히 다가왔던 게 아닐까.

나의 태몽은 이모의 꿈속에 나왔다고 한다. 밝고 환한 흰색의 공간에 갓난아이가 있었는데 그 아이가 말을 너무나 잘하는 그런 꿈을 꾸셨다고 한다. 하지만, 어렸을 때의 나는 누군가에게 다가가지도 못하고 항상 어머니의 옆에 붙어 있고 낯을 심하게 가리는 그런 수줍음이 많은 아이였다고 한다. 그런 나였지만, 부모님의 거저 주는 사랑으로 또한 어머니의 수많은 독려와 이야기들로 인하여 언제부터인지 나는 그 꿈속의 갓난아이가 그랬던 것처럼 조금씩 달라져 가고 있었다.

세상을 만나 넘어질 때도 부딪힐 때도 수없이 많았지만, 그때마다 부모님이 주셨던 사랑과 어머니가 해주셨던 말들은 내가 한 발자국씩 앞으로 나아가게 해주는 그런 사랑이었다. 내가 세상에 나올 때 그렇게 완성 되어 나온 것이 아니라, 그렇게 될 기회들이 나에게 오는 것이고 또한 내가 그렇게 될 수 있게 도와주는 주변의 사람들로 인하여 결국엔 꿈이 완성되는 것이 아닐까.

진정한 꿈이 완성되는 과정은
결국에 나 혼자의 힘으로는 할 수 없다는 것이 아닐까.

하지만, 부모님의 사랑을 어렸을 때부터 받았던 것은 아니다. 우리 가족의 삶은 평탄하지 않았고 평범하지 않았던 삶 가장 높은 곳에 있다가 가장 낮은 곳보다 더 낮은 나락으로 떨어져 봤던 삶을 살았다.

　가끔 친척 집에 가면 친척들이 나에게 과거의 이야기들을 해주곤 하는데 그 중에 하는 말 중의 하나가 "너희 삼촌(아버지) 주머니에는 돈이 흘러넘쳤던 사람이야."라고 말씀하셨다. 그때 당시에 아버지는 크게 사업을 하셨다고 한다. 백화점을 다니다가 빠르게 승진을 했고 그 일을 하다가 만난 사람들에게 "당신 같은 사람이 사업을 해야 한다."라는 말을 듣고 잘 다니던 백화점을 그만두고 자기의 돈과 사람들에게 투자를 받은 돈을 가지고 지금의 대형마트를 그 누구보다도 먼저 차리셨다고 말씀하셨다. 그리고 국민일보의 지국 중의 한 곳도 운영하셨다고 한다.

　내가 태어나기도 전에 차리셨다고 하는데 아마도 1990년대 초반이지 않을까 생각한다. 처음에는 투자금도 많고 가진 돈도 있으니 돈이 필요한 사람들이 있으면 선뜻 내주고 친척 집에 가면 친척 분들에게 용돈도 넉넉히 주고 그때 아버지의 생각으로는 '나는 성공할 수 있으니까 이래도 되겠지'라는 생각으로 하셨는지 아무래도 실패할 거라는 생각은 추호도 하지 않으셨나 보다. 어머니가 가끔 해주시는 말 중의 하나를 말하자면 "너희 아버지는 사업을 하려고 사업장을 차려놨는데 그냥 다 직원들한테 맡기고 맨날 밖에서 사람들만 만나고 제대로 일은 하지도 않으셨어." 아무래도 아버지는 밖에서 사람들을 만나고 좋은 일을 하러 다니는 게 일을 잘하고 있는 거로 생각하셨는지.

　본인이 운영하는 사업장이 어떤 상태였는지도 모르고 그렇게 아버지의 물질적인 부분만 보고 달려드는 사람들에게 그래도 많은 시간을 바치셨나 보다. 결국, 뿌리부터 제대로 심지 못했던 사업은 그 뿌리가 천천히 흔들리고 거의 다 뽑혀 갈 때쯤에 그제야 아버지는 뭔가가 잘못된 것을 느끼고 집에 있는 어머니에게 가게를 보러 오라고 말씀하셨다고 한다.

하지만, 이미 걷잡을 수 없이 무너져버린 사업은 결국 그렇게 순식간에 무너져 버렸고. 주변 사람들은 우리 어머니에게 이렇게 말씀하셨다고 하더라. "아이고, 남편이 지금 장사를 다 말아 먹었는데 이제 나오면 어떡해요."라는 말을 듣고 어머니는 잠깐 충격에 빠져 아무 생각도 하지 못하셨다고 한다. 그 이유는 아버지는 항상 집에서 일찍 나가고 늦게 들어왔고, 사업이 어떻게 돌아가고 있는지 무슨 일이 있는지조차 한마디 말을 안 하셨다고 한다. 결국, 무너져 가는 사업을 다시 일으켜보려고 온갖 방법을 쏟아 부었지만 돌아온 건 걷잡을 수 없는 빚과 믿었던 사람들의 조롱 그리고 그 모든 것은 아버지에게 그리고 아무것도 몰랐던 어머니에게 고스란히 전달되었다.

아버지는 그렇게 가족에게 행복을 주고 싶다면서
결국 가족에게 준건 무관심과 나락으로 향하는 불행이었다.

나는 내가 생각을 조금이라도 깊게 할 수 있는 나이가 됐을 때 천천히 그 모든 일을 들으면서 생각을 해봤는데, 아버지는 가족을 사랑하지 않았던 것도 무관심하던 것도 아니었고. 그렇게 하는 것 자체가 가족들에게 사랑을 주는 방법이라고 생각하셨던 게 아닐까. 아버지는 섬에서 딸 넷과 아들 둘 중에 막내로 세상에 태어나셨고 늦둥이에다가 막내라서 온갖 사랑을 다 받고 컸을 거라고 대부분 생각하겠지만 전혀 아니었다고 한다.

고모들은 일찍 시집을 가서 집을 떠나 육지로 나가셨고 바로 위에 있는 큰아빠는 아버지보다 빠르게 육지로 나가서 공부하셨다고 한다. 그래서 아버지는 섬을 떠나 육지에 나가기 전까지 아버지가 이루고 싶었던 꿈은 이뤄보지도 못했고 그저 매일 삼시 세끼 밥 차리는 걸 도와드리고 또 농사일을 하루도 빠짐

없이 날마다 하셨다고 말씀하셨다. 그렇게 날마다 밥을 하고 농사일을 하다가 아버지가 얻은 건 일 하다가 허리를 심하게 다쳤던 것 하나뿐 이였다고 한다.

어떻게 보면 제대로 된 사랑을 받지 못했기 때문에 누군가에게 사랑을 주는 것에 익숙하지 않았고 어렸을 때부터 배웠던 것은 성실하게 일하고 어른들 말에 토를 달지 않으며 무조건 '알겠습니다.'라는 말만 하며 살았기에 그래서, 가족이라는 것에 익숙하지 않았던 게 아닐까 생각한다. 아니면 가족에게 나는 이런 가장이라는 모습을 보여주기 위해서 그렇게 노력했는지도 모른다. 하지만 가족이라는 건 가장이 혼자 결정하고 답을 찾는 것이 아니라 가족 구성원 전체가 모여 같이 의견을 말하고 또 조금씩 해결방안을 찾아내고 그렇게 함으로 나오는 답을 가지고 가족이라는 공동체를 이끌어 나가는 것. 그게 바로 가족이라는 건데 아버지는 가족의 의미를 '가장이 모든 것을 결정하고 가장이 말하는 것에는 토를 달면 안 된다.'라는 것을 보고 배우고 자랐기에 그렇게 된 것이 아닐까.

제대로 된 가정교육이 아닌 가부장적인 교육과 제대로 된 사랑이 아닌 일방적인 사랑을 했고 가족들에게 따뜻한 칭찬 한마디 인정 한번을 못 받았기에 그렇게 된 것이 아닐까.

아버지는 남들보다 공부를 못했던 것도 아니고 너무 잘했기에 그때 당시에 누구나 가고 싶었던 고등학교를 붙었지만 결국 부모님을 모셔야 했기에 포기를 하게 되었고, 얼마나 그 생활이 힘들었으면 하다못해 육지에 사는 고모들에게 "부모님이 위독하시니 빨리 내려와 달라"라는 거짓 전보를 보내서 누님들이 섬에 들어왔을 때 자기를 도와주라는 말을 하셨을까.

그래, 본인이 가지고 있던 꿈도 본인이 이루어냈던 성과의 결과물도 제대로 경험해 보지도 제대로 이뤄보지도 못하고 포기했을 때의 그 마음을 난 견딜 수 없는 좌절을 겪고 나서야 그제야 알게 되었다. 그때의 그 마음을 그렇게 조금은 알게 되더라. 난 그것도 제대로 알지 못해서 항상 부모님 탓 남 탓을 해가며 어렸을 때부터 그렇게 좋지 않은 행동들과 잘못된 행동을 했는지 그저 이렇게 하면 부모님에게 관심을 받고 사랑을 받을 수 있었는지 그렇게 난 생각했나 보다.

아버지도 본인 나름대로 자기의 마음을 표현했고
또 어머니는 그렇게 힘드셨는데도 항상 우리 곁에 계셨는데,
그래도 다행인 것은 이제라도 제대로 된 생각을 하며
살아갈 수 있게 됐으니 나는 어제와 다른 오늘을 살아갈 수 있게 됐다.

우울아 안녕,
오늘도 잘 부탁해
—

　사람이 가지고 있는 본성은 사라지지 않고 마음 한쪽 구석진 곳에 혼자서 머물러 있기 때문에 본인이 느낄 수 있는 가장 큰 불안감이나 좌절 혹은 아픔 같은 것들이 다가온다면 본인을 보호하기 위해서 우울이라는 감정을 표출하게 되는 것 같아. 그래서 사람들은 우울이라는 감정을 대변해주기 위해서 무기력함이나 분노, 귀찮음, 불안을 통해서 나타내고 그걸 감추기 위해서 혹은 다스리기 위해서 세상에 필요한 또 다른 나의 얼굴인 가면을 쓰는 경우 혹은 일어날 일과 일어나지도 않을 일에 대한 걱정에 휩싸여 수많은 계획을 만들어 내는 것이 아닐까.

'사소한 계획부터 조금씩 바꾸어가며 사는 것도 좋지 않을까
샤워를 할 때 양치질을 제일 먼저 했다면 마지막에 해보는 것처럼.'

　때론 그런 생각도 해본 적이 있어 '내가 가진 내면이 남들보다 어두워서 그런 걸까, 내 외면이 밝은 것처럼 어두운 것보다 밝은 게 더 좋아.'와 같은 세상에 흑과 백이 존재 하듯이 사람에게도 흑과 백이 존재하는 것 같다는 의미는 없지만 그런 의미조차도 만들어 낼 수 있는 무감각적인 생각 말이야.

생각하지 않으려고 해도 무감각적으로
'문득' 떠오르는 의미 없는 생각 말이야.

그런데 난 항상 잠을 잘 때면 어두운 곳보다 밝은 게 더 좋고 어두운 곳에서는 눈을 감지 못할 정도로 나에게 진한 어둠이 몰려오는 것 같은 느낌이야. 그래, 난 항상 어두운 곳에서도 빛을 찾는 것 같아 나에게 빛은 때론 내가 될 수도 있고 아니면 내 외면이 될 수도 있는 것처럼.

내가 품고 있는 어둠이라는 내면이 나를 조금씩 불안하게 만들어 갈 때 나는 나보다 더 빛난 것을 찾아가서 내가 가진 불안을 그리고 내가 가진 어둠을 천천히 떨쳐 보내려고 해.

"빛은 그렇게 나에겐 내면보다 외면보다 중요한 존재인 걸 알아.
그렇게 빛은 작은 행복이 되어주는 것 같아."

그래, 우울아 내일도 잘 부탁해 감정에 예민하면서도 무뎌져 버린 부족하고 나약한 내 자신이지만 나도 조금은 노력할게. 네가 세상에 피어나 위로라는 꽃이 되고 행복이라는 향기를 세상에 흩뿌려 낼 수 있게 해줄게. 넌 빛보다 어둠을 더 좋아하는 것 같지만 난 어둠보다 빛을 더 좋아하듯이 우리는 서로가 다르지만 그래도 서로를 위해서 살아왔던 나날들이고 지금껏 난 널 모르는 척하고 내버려 뒀지만 이제는 너도 행복하게 해줄게.

이제, 다시는 행복을 밖에서 찾으려고 하지 않고 너와 함께 내 내면에 숨겨져 있는 진정한 행복을 알아보고 다스려볼게. 이제 다시는 아픔을 분노나 무기력함으로 표출할 필요가 없어. 내가 네 아픔을 먼저 알아봐 주고 관심을 주도록 노력할게.

'우울이 세상에 피어나 위로라는 꽃이 되고
행복이라는 향기를 세상에 흩뿌릴 수 있게.'
우울아 안녕, 오늘도 잘 부탁해.

마음의 눈물

—

마음은 우리가 생각하는 것보다 더 나약할 수도 더 작을 수도 있어 그러니 흐르는 눈물을 애써 담으려고 하지 마. 그리고 흐르는 눈물을 애써 참아내려고 하지 마. 참아내다 보면 나처럼 울고 싶을 때 나도 모르게 참아내고 있는 나 자신을 보고 있을 테니까. 흐르는 눈물은 땅바닥에 떨어지기 전에 세찬 바람이 다가와 저 멀리 날려 보내줄 거니까 애써 흐르는 눈물을 담아내려 참아내려 하지 마. 눈물 한 방울이 내가 가진 마음보다 클 수도 있으니까.

> "흐르는 눈물을 애써서 담지 말아라.
> 마음은 우리가 생각하는 것보다 조금은 더 아파할 수도 있으니까
> 흐르는 눈물은 바람처럼 보내 버려라. 저 멀리."

나는 가끔 주변 사람들에게 웃고 있는 자신의 모습을 본 적이 한 번이라도 있는지 물어볼 때가 있다. 그럼 대부분의 사람은 본 적이 없다고 대답을 하더라. 그냥 거울 앞에 서서 외모를 치장하거나 얼굴에 뭐가 묻어 있는지 이 정도만 할 뿐이지 대부분의 사람은 내가 어떻게 웃는지 혹은 화났을 때는 어떤 표정인지 알고 있는 사람들은 매우 드물다. 물론 나 또한 내가 웃는 모습이나 화났을 때의 모습을 거울로 보게 된 것이 그렇게 오래되지는 않았다.

내가 진짜 행복할 때의 얼굴을 어렴풋이 봤을 때와 내가 행복하지 않은데도

웃고 있을 때의 내 모습을 보게 된 이후로 난 억지웃음을 짓는 것을 하지 않게 되었다. 그 모습 자체가 나에게는 불행이고 슬픔이고 아픔으로 찾아오더라. 그리고 화났을 때의 내 모습을 어쩌다가 보게 된 이후로 나는 화가 났을 때의 표정을 주변 사람들에게 보여 줄 때 최대한 교정해보려고 노력하는 중이다. 나조차도 내가 화났을 때의 표정을 보게 된 이후로 정말 이 표정이라는 게 사람에게 엄청 큰 영향을 줄 수 있다는 걸 알게 되더라.

그렇게 웃고 싶지 않은데도 웃고 있는 모습을 본 나와 화가 났을 때의 그 정말 꼴도 보기 싫은 모습을 봤을 때 나는 내 마음속에 작은 눈물 한 방울을 흘려보냈다. 이리도 아팠을 내 마음에 내 감정에 나는 손뼉을 쳐주기보다 그냥 눈물 한 방울을 흘려주었다. 얼마나 힘들었을까.

"나를 위한 눈물을 흘릴 줄 알아야.
남을 위한 눈물도 흘릴 줄 알겠지.
그러니 마음아 너 자신을 위하여 슬피 울 거라."
마음아 슬피 울어라.

우울은 내 친구

—

행여나 오늘 불어온 바람은 입에 조금은 더 단맛이 느껴질까 의미 없는 기대를 했지만 결국 오늘 불어온 바람도 어제와 다름없는 쓰디쓴 바람이었어 어제와 다를 줄 알았지만, 어제와 너무도 똑같은 하루 그리고 그렇게 쓰디쓴 바람은 차디찬 말 한마디와 어우러져 사람들에게 의도치 않은 상처와 아픔만 줄 뿐이고 그렇게 사람들은 자기 자신도 모르게 그렇게 상처를 받는 것 같아. 쓰디쓴 바람을 몰고 다니며 사람들에게 차디찬 한 마디를 의미 없이 던져주는 그 사람들은 결국 아무 일도 없다는 듯이 물처럼 그렇게 흘러가 버리겠지. 쓰디쓴 바람과 차디찬 한 마디를 남긴 채.

'쓰디쓴 바람이 그렇게 나에게 불어왔고
차디찬 말 한마디는 그렇게 물처럼 흘러가겠지.'

하루는 우울이 말을 꺼냈어, '왜 저 사람들은 나에게 너에게 혹은 우리에게 그렇게 아픔을 주고 떠나는 걸까.' 그래, 내가 그냥 무슨 말을 하더라도 웃고 있으니까 아무 말이나 하더라도 괜찮다고 생각하는 걸까. 아니면 본인이 하는 말이 남에게 아픔이 될 줄은 생각도 해보지 않았고 생각조차도 나지 않는 걸까. "왜 그렇게 쉽게만 생각할까."

그렇게 우울이 나에게 말을 건넬 때 나도 우울에게 말해주고 싶은 것이 생각이 났어.

"웃음 뒤에 있는 슬픈 얼굴 그 속에 그려져 있는 눈물 자국 아픔은 그렇게 천천히 그려졌고 행복은 그렇게 천천히 나타나 소리 없이."

그래, 우울아 우리가 웃음 뒤에 슬픈 얼굴을 숨겨 놓고 그 속에 흘러내렸던 눈물을 보지 못했기 때문에 눈물은 마치 그려져 있는 것처럼 자국을 남겼고 아픔조차도 그렇게 천천히 그려졌던 거야. 그런데 난 그 속에서 남아 있는 행복을 봤어 소리도 없이 천천히 나타나는 행복을 말이야. 그렇게 천천히 아픔에 익숙해져 갈 때 그리고 그렇게 천천히 감정에 무뎌지는 걸 알아갈 때 즈음에 내 웃음 뒤에 슬픈 얼굴이 있다는 걸 알았고 그 슬픈 얼굴에 흐르다 멈춰버린 눈물 자국이 선명히 남아 있어 내 가슴을 울렸어.

몰랐던 어제보다 알게 되어버린 오늘이 더 슬플 줄 알았지만, 오늘은 뭔가 더 감정에 솔직해지게 되었고 내가 감정에 무뎌지는 것이 아니라 오히려 이때까지 받아왔던 모든 감정을 알게 되었어. 아픔도 슬픔도 감정도 웃음 뒤에 철저하게 숨겨놓고 있었기에 행복은 그렇게 내 마음의 문을 천천히 열어보려고 했나 봐.

"소리 없이 그렇게 날 찾았나 봐."

보이지 않는 행복을 붙잡으려고 해봤자 더 아파지지 않을까. 걱정을 하는 내 모습은 점점 아픔도 잊어가고 슬픔도 잊어가고 그러다가 웃음도 잊어가고 있다는 걸. 그런데 나도 내가 그렇게 되어가고 있다는 걸 깨닫지 못했고 다른 사람들도 내가 그렇게 아팠는지 잘 모르는 것 같아. 그러니까 그렇게 나에게 그렇게 많은 감정을 쏟아부었겠지 내가 아픈 걸 몰랐으니까.

'나도 알아. 내가 아픈 걸, 나도 알아 내가 슬픈 걸,
나도 알아. 내가 웃기 싫은 걸 그런데 다른 사람들은 잘 몰라.
내가 아픈지.'

오늘도 우울과 함께 아침을 시작하고 또 우울과 함께 밤을 맞이하는 것처럼 그렇게 우울과 매일 사투를 벌이다가 점점 우울과 한 몸이 되어가고 우울마저도 내 것으로 만들어 버린 그런 오늘 그런 지금.

우울은 사라진 것이 아니라 오늘도 우울과 함께 같은 길을 걷고 그런 우울마저도 이제는 물처럼 유유히 흘러가게 만들어 버릴 정도로 무뎌져 버린 그런 감정 그런 생각이 뿜어져 나가고 행동으로 나타나는 그리고 우울마저도 내 것으로 되어버린 그런 지금 그런 오늘 그렇게 난 우울의 향기를 행복의 향기로 바꿔나가는 지금 우울과 함께. 우울과 사투를 벌이다가 누구보다도 감정에 예민해진 그런 지금 우울과 함께 하루를 보내.

마치 우울마저도 초월해버린 것 같은 우울도 그저 물처럼 흘려보내는 것 같은 하지만 우울은 사라지지 않고 그저 우울마저도 내 것으로 만들어 버린 그런 지금 그런 오늘 우울과 함께.

때로는 물처럼 살고 싶어

—

하늘을 바라보며 슬피 울었어. 새하얀 눈이 내 얼굴에 툭 떨어져 눈을 감아 보니 따뜻했던 지난날이 구슬픈 바람 타고 하늘로 올라가네.

"눈물은 추억을 흘리며."

나는 사소한 일 하나까지 전부 다 계획을 세우며 사는 어떻게 보면 피곤한 사람이고 어떻게 보면 계획적인 사람이야. 하지만 내가 계획을 세우는 건 불안한 마음을 조금이라도 달래고 우울한 마음을 조금이라도 숨기기 위해서 그렇게 시작된 일이 결국엔 습관이 되어 버렸고 그렇게 나 자신이 되어 가고 마지막엔 내 존재 자체의 의미가 되어 버렸지. 이미 내가 태어남으로 계획은 완성되었고 내 삶의 처음과 중간 그리고 마지막은 이미 계획됨을 알고 있고 믿고 있지만 그래도 난 나약한 사람이라 오늘도 계획을 세우며 살아가고 있을 뿐이야.

이미 모든 계획이 완성되었고 난 그 완성돼 있는 계획을 보며 달려갈 때도 있고 아니면 다른 곳을 보며 달려갈 때도 있지만 그래도 결국엔 내가 필요한 곳으로 내가 가야 하는 곳으로 가서 계획은 완성이 되겠지. 그저 물처럼 유유히 살아가고 싶지만 흘러가는 물도 때로는 부딪히거나 올라가거나 내려가거나 혹은 고여 있거나 막혀서 못 넘어갈 때도 있을 테니까. 그래서 난 오늘도 쉬지 않고 기도할 뿐이야.

'물처럼 유유히 흘러가는 삶을 살고 싶지만

흘러가는 물도 때로는 큰 바위를 만나고

흘러가는 물도 때로는 쓰러져 있는 나무를 만나고

흘러가는 물도 때로는 떨어질 때도 있고

그렇게 유유히 흘러갈 수만은 없다는 걸.'

그렇게 아픔마저도 초월해 버리고 그렇게 걱정마저도 초월해 버리는 마치 세상의 모든 시간을 홀로 짊어지고 살아가는 그런 사람들과 그렇게 점점 감정마저도 마음마저도 견딜 수 없이 천천히 무너져 내려서 점점 무뎌지는 사람들 불안과 걱정마저도 초월해버리고 익숙해져 버린 그런 사람들 우리는 그렇게 혼자서 견뎌냈고 혼자서 빠져버린 오늘을 보냈다. 마치 물처럼.

"마치 세상의 모든 시간을 다 짊어지고

그렇게 마음마저도 점점 상처를 입어

불안과 걱정의 늪이라는 생각 속에 그렇게 혼자서 빠져버린 오늘."

나 자신조차도 초월해버리고 무감각해져 버린 그 이름 모를 감정 마치 내 안에서 유유히 흘러 다녔고 너무도 조용하고 천천히 흘러 다녔는지 감정을 다스리는 주인조차도 몰랐던 것 같아. 아니, 어쩌면 우울은 그 스스로 선택권이 있는지도 모르겠어.

나도 모르게 찾아온 그 감정의 이름은 우울이라 하더라. 그 감정은 애초에 없던 게 아니라 내가 가지고는 있었지만 그게 어떤 감정인지도 몰랐고 이름도 알지 못했고 또한 그걸 어떻게 다스려야 하는지조차도 몰랐기에 그렇게 난 아팠나 봐. 그런데 내가 알지 못했던 그 감정을 넌 알았는지 그렇게도 나를 위해서 쉼 없이 웃어 주었고 또한 대가 없는 행복을 주었는지 나는 몰랐나 봐. 혼자서 아픔을 느꼈던 게 아니라 항상 내 곁에서 내 아픔을 바라봐 주며 다독여 주며 그렇게 혼자 두었던 게 아님을 난 몰랐던 건가 봐.

'그렇게 너와 같이 있던 그 나날에 불쑥 찾아와 버린
이름 모를 감정 그 감정의 이름은 우울이라 하더라.'

유유히 흘러가는 물처럼 살고 싶어.

단순하게 살고 싶어

—

난 항상 웃고 싶지 않아도 애써서 웃어 보였던 나날들을 보내왔던 사람이야 어느 날 문득 웃던 내 모습을 거울을 통해서 보게 되었는데 왜 이리도 슬퍼 보이는지 웃고 있었지만 왜 이리도 우울해 보이는지 그땐 알 수 없었어. 웃으면 행복해 보인다고 하는데 행복해 보이는 게 아니라 누가 봐도 억지로 웃는 것 같더라 그렇게 매일 애써서 웃고 있던 내가 왜 그리도 처량해 보이는지 그 모습을 보며 눈물 한 방울이라도 흘려 봤으면 달라졌지 않았을까 라는 생각을 하긴 했지만 매일 애써서 웃고 있던 나에겐 눈물조차도 허락되지 않았는지 내 눈물샘은 말라 버렸는지 막혀 버렸는지 눈물 한 방울조차도 흘려지지 않더라.

"이젠 다시는 애써서 웃고 싶지 않아.

애써서 울고 싶지도 않아.

이젠 내 감정을 애써서 표현하고 싶지 않아.

단순하게 살고 싶을 뿐이야."

그렇게 애써서 감정을 표현하는 게 습관이 되어버린 이후 자연스러운 감정은 점점 사라져 버렸어. 감정을 애써서 표현하려다가 감정에 무뎌지게 되어 버렸고 또 감정에 예민해지기도 했지만, 이제는 애쓰는 것도 무뎌지는 것도 예민해지는 것도 싫어 그저 단순하게 살고 싶을 뿐이야.

마치 내 눈을 덮어대는 눈꺼풀은 그저 투명한 것 같은 느낌 그렇게 투명한 눈꺼풀은 내 눈에서 나온 어둠을 덮지도 못하고 또 내 눈 속으로 들어오는 빛도 덮지 못하는 바로 이 지금 이 순간 이 오늘 그렇게 이도 저도 아닌 그저 그런 또 하루의 밤이 지나가는데 여전히 내 눈은 감기지 않고 애써 감기는 눈은 쏟아지는 빛무리에 다시 떠진다. 그 어둠조차도 빛은 이길 수 없는 걸 오늘도 물건너간 잠이 알려주며 그렇게 밤은 오늘도 빛과 함께 나에게 다가오는구나.

"마치 눈을 감고 있어도 뜬 느낌 눈을 뜨고 있으면 감고 싶은
이 지금 이도 저도 아닌 그저 그런 오늘."

걱정 없는 삶을 살아가고 싶어서 그리도 쉼 없이 흩어져 가는 기억들을 붙잡으며 내가 보내온 모든 하루를 추억 속에 묻어두며 그렇게 달려왔다. 그렇게 남모르게 나 자신 조차도 모르게 하루를 긴장감에 휩싸이며 살아왔고 그래서 그런지 몰라도 불안함은 점점 커졌던 거구나. 그렇게 하루의 피로가 내가 지나온 모든 나날에 긴장감을 불어 넣었고 그 나날 속에서 내가 받은 선물은 불안함과 쉬어갈 수밖에 없는 처절한 시간이구나. 다시 걸어갈 수 있게 해주는 그 처절한 나날들이 내게 건네주는 인생의 쉼표였구나.

"하루하루 쌓여가는 피로 속에서 점점 늘어만 가는 긴장감
그리고 그 안에서 오는 불안한 나날들."

철저하게 고립된 나만의 세상 그 속에서 피어나는 나를 뒤덮는 또 다른 감정과 생각들 그렇게 행복도 불안도 걱정도 아픔도 같이 피어나고 같이 자라왔다.

그렇게 내가 보는 나 자신의 모습을 철저하게 가두고 또 가둬서 나를 버렸고 내 감정을 버려왔다. 나 자신이 두려워서 내 감정이 두려워서 그렇게 난 오늘도 매일 찾아왔던 행복을 찾으러 나간다.

그렇게 나를 숨기던 나 자신조차도 철저하게 무너져 내려버릴 수 있는 그런 내 마음 한곳에 머물러 있는 행복을 찾으러 간다. 천천히.

"눈을 감는 밤이 무서워 마음에 불을 켰고 눈을 떠
세상을 바라보는 게 두려워 마음에 불을 껐다.
그렇게 하루를 긴장감 속에 보내었지 내 자신이 두려워서."

이제는, 단순한 게 좋아.

마음아 안녕

—

우리가 세상에서 보냈던 모든 나날 그리고 아직도 보내야 할 많은 나날 속에서 마음은 그렇게도 많은 상처를 입어가고 또 입어 갈 거라고 생각해 우리의 마음은 우리가 생각하는 것보다 더 슬피 더 아픈 나날들을 보내고 있을 거야.

그렇게 웃고 싶지 않아도 억지로 웃을 수밖에 없는 나날들을 보내며 우리는 그렇게 보이지 않는 눈물을 수없이 흘렸나 봐 웃음 속에 가려진 마음의 눈물을 보지 못한 채 그렇게 수없이 많은 나날들을 울음과 함께 보낸 것 같아. 웃음 속에 가려진 눈물 그리고 그 속의 진정한 나 자신을 가린 채.

"마음은 그렇게도 슬피 우는데
정작 내 모습은 그저 웃고만 있을 수밖에 없네."

어릴 때부터 남들 앞에서 우는 것도 혼자 있는 공간에서 남모를 눈물을 혼자 흘리는 것도 하지 않았던 나는 혼자 울고 있던 내 마음을 바라봐주지 못했어. 그래서 그런지 난 슬픈 일이 오더라도 눈물을 꾹 참고 애써 웃어 보이려고 노력했고 남들이 울고 있을 때 애써 참아 보이며 남들을 다독여주었지.

그래, 난 아무리 힘들어도 울지는 않았지만, 항상 울고 싶었는지도 몰라 그렇게 새어 나올 눈물을 참으면서.

"그저 가끔은 아무것도 하지 않고 울고만 싶어 아니, 아무래도 난 항상 울고
싶었는지도 몰라."

내가 바라던 꿈이 내 눈앞에 다가왔을 때 난 그 기회를 바로 잡은 줄 알았지
만 제대로 붙잡지 못했고 결국은 놓쳐버렸어 내가 남들보다 못해서도 아니었
고 내가 남들보다 못난 것도 아니었지 그저 타고난 성정과 내가 의도치 않게
물려받은 수많은 것들 그게 내 발목을 붙잡고 놓아주질 않더라.

내가 못한 것도 아니었고 못난 것도 아니었지만 내 마음은 그걸 인정하지 못
했는지 자신을 스스로 가두고 또 가두어 혼자만의 슬픔으로 자기 자신을 아프
게 했지 내 마음이 혼자 울고 있을 때 내가 할 수 있었던 것은 그저 바라봐주고
다독여주고 마음이 내는 소리를 들어주는 것 그렇게 많은 나날을 보냈고 그때
내가 할 수 있었던 것은 내가 아닌 남에게 피해를 주지 않고 내 마음을 온전히
다스릴 줄 아는 방법을 배우는 것 그게 내 마음을 알아가는 하나의 과정이더
라.

남들이 알려줄 수 있고 도와줄 순 있지만, 온전히 나 스스로가 해내야 하는
그런 하나의 과정이더라.

'마음이 슬피 우는 걸 어쩌겠는가.
그저 가만히 바라보며 다독여 줄 수밖에 없지.'

내가 가진 아픔은 나를 계속해서 잠을 자게만 하고 내가 가진 생각은 그런
처절하고 얕은 잠조차도 허락하지 못하는지 그저 계속 떠올라 나를 괴롭히는
것 같아 마음은 내가 잠을 잤으면 좋겠다고 하는데 생각은 내가 잠을 자지 않

고 버텨줬으면 좋겠다고 말하고 있어 편안하게 잠을 자고 싶은데 아무것도 하기 싫은데 왜 그런 얕은 잠조차도 마음대로 하지 못하고 하루를 보내야 하는지 정말 힘든 나날일 뿐이야.

마치 세상에 있는 모든 생각이 내 머리를 마음을 거쳐 가는 느낌이야.

"아무것도 하기 싫고 그저 잠만 자고 싶어.

아니, 잠을 자는 것조차도 힘든 것 같아."

생각이라는 것도 한참 생각을 하다 보면 이런 생각이 저런 생각이 되고 하나의 생각이 또 하나의 생각이 되듯이 감정도 마치 마음에 박혀있는 하나의 불씨와 같아서 때론 작아져 있는 상태로 활활 타오르거나 커져 있는 상태로 넓게 피어오르듯이 그렇게 그 자그마한 불씨도 생을 마감할 때까지 활활 타오르는구나.

마치 다른 누군가의 마음속에서 커다란 불씨가 넓게 피어오르듯이 그렇게 서로가 다른 감정을 공유하는 것 같아. 누군가의 작은 불씨가 누군가의 큰 불씨가 되어주듯이.

"감정은 마치 마음의 불씨와 같아서

작아질 때도 있고 커질 때도 있는 것 같아."

마음아 안녕.

열리지 않는 마음의 문

—

세상에 치이고 삶에 치이고 사람에 치여서 상처받은 이 마음들은 처음부터 닫히는 건 아니고 아주 천천히 그리고 자기 자신도 모르게 닫혀버려서 불러도 대답이 없구나. 그래, 사람도 쉬어가는 시간이 필요하듯 우리가 가진 마음도 쉬어가는 시간이 필요한 것 같아 열어달라고 수없이 말해도 열리지 않는 것은 다 이유가 있을 테니까. 그래, 다 아물기 전까지는 열리지 않더라.

"열리지 않는 마음을 수없이 열어보려고 했지만
그 마음은 다 아물기 전까지는 열리지 않더라."

난 지금까지도 충분히 하루를 버티고 이겨내는 삶을 살아왔을 뿐이야. 이제는 제발 나에게 버티고 이겨내라는 말 좀 그만해줬으면 해. 이제는 나에게 힘이 되지않는 말은 그만 듣고 싶을 뿐이야.

"내 인생을 대신 살아줄 것도 아니면서 제발 나한테 버티고 이겨내라는 말 좀 그만해. 난 지금까지도 충분히 버티고 이겨냈으니까."

나에게 위로가 위안이 되어 주려면 그냥 가만히 지켜봐 주고 내 옆에서 날 묵묵히 바라봐주기만 하면 돼 네가 하는 말은 그저 나에게 충고나 조언 같은 게 아니고 지겨운 말 한마디뿐일 테니까. 그리고 난 지금까지도 참을 대로 많이 참아왔고 버틸 만큼 충분히 버텨왔어. 지금 네가 나에게 해주는 말은 더는 나를 위한 것도 내 마음을 위한 것도 아니야.

넌 충분히 나에게 수많은 말들을 해줬고 난 네가 하는 말을 묵묵히 들어줬을 뿐이야. 이제는 내가 하는 말을 네가 묵묵히 들어줘야 하지 않을까.

 "다 너를 위한 일이니까 조금만 더 참아보라는 나에게 위로도 위안도 되지 않는 말은 제발 이제 그만 좀 해주길 바라 지겨우니까.

 사람들을 만나고 또 삶을 살아가면서 보내는 그 수많은 나날에서 나는 오늘도 내가 가지고 있는 모든 감정을 쏟아내고 또 다른 사람들이 부어대는 감정들을 받아 내느라 이제는 다시는 쏟아낼 감정도 없고 또 다른 사람이 부어댈 감정도 받을 수가 없어.

 이제는 소비해야 할 생각이 가득 차 흘러내리고 있을 뿐이야 생각 하나에 또 다른 생각이 달라붙고 생각이 소비되면 또 다른 생각이 다시 만들어지는 것 같아 이제는 감정을 비워내는 것보다 생각을 비워내는 일을 해야 할 것 같아.

 "감정을 소비하는 것조차도 이제는 힘들어. 내 마음에 이제는 소비할 감정조차도 없고 내 머리에 이제는 소비할 생각들만 가득할 뿐이야."

 내면에서 무기력함이 천천히 몸을 키우고 손을 들고 올라올 때 그 주변에 뭉쳐있던 의도하지 않은 분노가 천천히 풀려난다. 그렇게 무기력함이 내 감정을 천천히 감싸 안을 때 풀려난 분노는 그 주변에 얇지만 질긴 막을 만들어 무기력함이 나가지 못하게 그리고 다른 감정들도 들어오지 못하게 막아내 버린다.

 설사 뚫고 들어오더라도 여러 갈래의 얇은 선처럼 바뀌어버려 내 마음에는 도달할 수 없게끔 그렇게 무기력함도 분노도 나를 잠식해 버리려고 한다.

 "내면에서 흘러나오는 무기력함이 점점 커질 때 나도 모르게 퍼져 나가는 의도하지 않은 분노가 천천히 내 감정을 그리고 마음을 감싸 안아 버리네."

 언제쯤이면 열릴 수 있을까.

행복을 말해보려 한다

—

어제의 나는 행복을 말하려고 했지만 적을 수밖에 없었고 오늘의 나는 지나가는 나날에 적었던 행복을 말해보려 한다.

행복이란 감정을 입 밖으로 꺼내어 말하는 것을 하지 못했다. 그래서 나는 조금이라도 이 감정을 표현하기 위해서 이것저것 해보았지만 결국 마지막으로 선택한 방법은 바로 글을 적는 것 내 감정을 글에 입히는 것이었다.

누구나 한 번쯤은 써봤을 그 흔한 일기의 방식을 사용해서 때론 행복을, 우울을, 슬픔을, 좌절을, 아픔을, 기쁨을, 사랑을 적어내렸다. 나는 한없이 우울하고 또 기분에 따라서 행동하는 사람이기도 했고 너무나 불안해서 무슨 일을 하든지 계획과 대안을 세우는 사람이기도 했다.

음, 지금 생각해봐도 너무 힘들고 피곤한 인생이지만 그래도 그 지나간 모든 나날들이 있기에 지금의 내가 있는 것이다. 사람은 쉽게 바뀌지 않고 물론, 나도 그렇다. 아직도 한없이 우울한 감정을 가지고 있고 너무나 불안해서 계획과 대안을 세워가며 하루를 살아가는 중이다.

때론 힘들고 아프고 아무것도 하기 싫은 감정이 나를 괴롭히지만 그래도 어쩌겠는가 이미 이 모든 감정들과 떼려고 해도 뗄 수 없는 친구가 되어버린 걸. 나는 이 지나가는 모든 나날에서 그리고 내가 느꼈던 모든 감정들 속에서 막연한 불안과 두려움 그리고 우울을 느끼고 보았지만 결국 내가 그 안에서 볼 수 있었던 가장 큰 감정은 바로 행복이라는 것이다.

결코 변하지도 또 부서지지도 않을 영원한 행복 그리고 마음의 평화 나를 평안하게 해주는 믿음 또 사랑보다 더한 사랑이라는 걸. 결국 행복은 알아가는 것이고 가까이에 있다는 걸 믿게 되었다.

행복은 무엇일까.

너라는 존재

—

너라는 존재의 의미를 잊어버리지 말아라.

너라는 존재의 의미를 잃어버리지 말아라.

우리가 세상에 처음으로 한 발자국 내디딜 때 주변에 펼쳐져 있는 광경들은 너무나 신기하고 새로운 것 투성이다. 그렇게 우리들은 하나하나 다 만져보며 촉감을 느끼거나 눈으로 쉴 새없이 훑어보며 시각을 느낀다. 세상에 태어나자마자 보이는 것은 무엇일까 생각해봤지만 그건 나 자신이 아닌 내게 가장 소중한 사람들이고 결국 우리는 눈으로 가장 먼저 보는 것도 손으로 가장 먼저 만져보는 것도 발을 어딘가에 기대 보는 것도 내가 아닌 다른 사람이라는 것이다.

결국 사람은 태어날 때부터 누군가에게 의존을 할 수밖에 없고 그렇게 내가 아닌 다른 사람에게 세상을 살아가는 방식이나 행동과 같은 것을 배운다는 것이다. 하지만 이토록 살아가면서 변하지 않는 것은 존재한다. 바로 세상에 태어나기 전부터 내가 가지고 있는 진정한 나라는 존재는 변하지 않는다는 것이다. 결국 사람이란 이 진정한 나라는 존재의 공간에 수많은 일기장들을 적어서 보관을 해두기도 하고 이 공간과 비슷한 공간을 만들어 내어 거기에 또 다른 나를 만들어 새로운 삶과 일기장을 적어간다.

하지만 진정한 나로 살아가는 것이 아니라 새로운 나를 만들어 내어 살다 보면 결국엔 진정한 나와 새로운 나는 충돌하기 마련이다. 충돌을 하면서 한 쪽이 점점 사라질 수도 있고 아니면 감당할 수 없는 커다란 감정 때문에 한 쪽이 무너져 버릴 수도 있다. 그래, 진정한 나도 나고 새로운 나도 나다. 하지만 한 사람이 두 개의 삶을 살 수는 없는 법이다 결국엔 하나의 삶은 무너질 수밖에 없고 결국 두 개 중의 하나가 무너질 때쯤에 그 사람은 이루 말할 수 없는 감정의 늪에 빠지게 되어 버린다.

　여기서 가장 중요한 것은 나라는 존재가 태어날 때부터 가지고 있던 진정한 나라는 존재가 무너지면 안 된다는 것이다. 태어날 때부터 가지고 있던 내가 사라져 버리고 무너져 버린다면 과연 그때의 나는 어떨까? 행복하다고 말할 수 있을까.

　너는 너대로 충분히 괜찮은 사람이니까 진정한 내가 아닌 새로운 나를 만들어 가면을 쓰고 다닐 필요가 없으니까. 그러니 세상에 태어나 처음으로 발자국을 내디딘 진정한 나를 잊어버리지도 잃어버리지도 말아라.

　　　　　　　　　　　　　　나를 잊어버리지도 잃어버리지도 말아.

이제는 괜찮아

—

눈물을 흘리고 싶지만 눈물이 나지 않는 걸 어떻게 해.

난 그저 웃는 것 밖에 못하는 사람처럼 보이는데

이제 와서 눈물을 흘리면 사람들이 이상하게 생각하지 않을까.

그런 숱한 고민들을 하면서 웃고만 있을 뿐이야.

이제는 울어도 괜찮은 나일 텐데.

아, 지금 울지 않으면 내일의 나는 어떻게 될지 알 수 없어요. 울음을 참지 마세요 지금은 당신의 슬픔을 가감없이 표현해야 할 때 라는걸 잊지 말아요. 슬피 우는 걸 참지 마세요 그 울음을 웃음이라는 헛된 가면으로 가리려고 하지 말아요. 저 하늘에서 내리는 빗방울처럼 때론 시원하게 때론 촉촉하게 울어보세요.

이제는 더 이상 참지 않아도 괜찮아요. 참을수록 힘들어지는 것은 나 자신이라는 것을 잊지 말아요. 지금 울어야 할 때 울지 않으면 나중에는 울어야 할 때 울지 못 할 수도 있어요. 흔히들 웃으면 복이 온다고들 하죠. 하지만 지금 울지 않으면 나중에는 나 자신을 잃어버릴지도 몰라요. 우는 방법을 잊어버릴지도 몰라요. 이제는 나를 위해 실컷 울어보세요. 천천히.

이제는 울어도 돼요.

생각하는 삶
—

긍정적인 생각도 부정적인 생각도 할 힘이 없고 그냥 지금을 살아가고 있습니다.

누군가 저에게 그렇게 말을 하죠 너는 왜 이렇게 생각이 많은 거냐 그렇게 생각이 많으면 정리도 잘 되지 않을 텐데 생각 좀 그만하면 되지 않겠냐 생각을 그만하는 것이 얼마나 어렵다고 그걸 못 하냐고 그럽니다. 그래서 저는 그 말을 조심스럽게 무시하고 생각을 해봤는데 음, 보세요 이렇게 생각이라는 것은 마치 물을 마시듯이 그리고 밥을 먹듯이 하게 되는데 어떻게 생각을 그렇게 한순간에 단절시켜 버릴 수가 있다는 것일까요. 생각은 할 수밖에 없어요 하지만 어떤 생각을 하고 또 그 생각을 어떻게 행동으로 표현해낼지가 중요한 겁니다.

생각을 하지 말라고 강요하지 마세요 생각은 아주 중요하고 특별한 것이고 우리의 삶에 가장 필요한 것 중에 하나입니다. 생각이 있었기에 많은 것들이 이 세상에 나올 수 있었고 그 생각을 행동으로 표현할 수 있었기에 지금 우리가 살아가고 있습니다. 긍정적인 생각도 부정적인 생각도 다 중요합니다. 하지만 우리가 살아가고 우리의 길을 걸어가는데 필요한 것은 긍정적인 생각일 테고 우리가 돌이키고 우리의 생각을 정리하고 계획을 세우는데 필요한 것은 부정적인 생각일 것입니다. 우리의 삶에 필요하지 않은 생각은 없어요 단지 그 생각을 어떻게 정리하고 표현하는지가 중요합니다.

다만, 생각이라는 것에 휘둘리고 치우치지 마세요. 항상 마음과 눈과 귀를 닫아두지 말고 열어두세요. 이 세상은 배울 것도 배우지 말아야 할 것도 참 많지만 오늘도 우리는 배울 점은 배우고 배우지 말아야 할 점도 배워야 합니다. 그래야 우리가 해야 할 것도 하지 말아야 할 것도 알 수 있으니까요. 그래야 우리가 세상에 빛과 소금 같은 존재가 될 수 있을 거라고 믿습니다. 생각하는데 힘을 쏟고 생각하는데 초점을 맞추지 마세요. 그냥 물을 마시듯이 밥을 먹듯이 하는 게 바로 생각이니까요.

생각을 멈추지 말아요.

나에게 행복이란

—

그냥 가만히 앉아서 불어오는 바람을 맞으며
차 한 잔을 마실 때의 잔잔한 느낌처럼
그런 일상의 평범함이 느껴지는 사랑을 하고 싶어.
그렇게 진정한 행복을 알아보고 싶어.
그렇게 진정한 행복을 느껴보고 싶어.

오늘은 비가 천천히 내리는 날이었어. 음, 이런 날에는 그냥 침대에 가만히 앉아서 창밖을 바라보며 따뜻한 차 한 잔을 하는게 제일 좋은 것 같아. 마치 오늘 같은 날은 일상의 평범함도 행복이 되고 사랑이 되는 느낌이야. 그 누구도 방해할 수 없을 것만 같은 느낌이 진하게 전해져오는 하루를 보내는 것 같아. 역시, 평범한 게 제일 어려우면서도 제일 좋은 것 같아 평범함은 삶의 진정한 의미를 알려 주는 하나의 선물이야.

평범함도 행복이 될 수 있어.

바람이 불어오면

—

바람이 불어오면 구름이 흔들리듯이
비가 천천히 내리면 내 마음도 흔들린다.
그렇게 바람이 불어오는 날 구름은 비가 되어 내리고
비가 천천히 내리는 날 내 눈물도 흐른다 그렇게 흘러 내린다.

오늘은 어제와 다르지 않게 비가 천천히 내리고 있는 날이야. 이런 날에는
원래 아무것도 하지 않고 앉아서 밖에서 들려오는 빗소리와 함께 차 한 잔을
마셨는데. 오늘은 밖에 나가야 할 일이 생겨서 우산을 챙겨서 밖으로 나갔지.
천천히 길을 걷고 있는데 문득 생각이 넘쳐흐르고 있는 걸 알았어. 비가 오는
날이면 항상 그 생각만 나더라. 음, 행복했던 기억인지 아니면 힘들었던 기억
인지는 모르겠지만 그래도 아팠던 기억은 아니었던 것 같아. 그렇게 추억에 젖
어있는 눈물은 흘러내리고 있어.

내 마음도 흔들린다.

제2장
오늘의 나

누군가 나에게 행복하냐고 묻는다면 나는 어떻게 대답을 해야할까.
행복하다고 대답을 해야할까 아니면 행복해지다고 싶다고 해야할까.

그런 질문 있잖아. 뭔가를 대답하기에 너무 애매하고 오히려 질문을 들으면 더 큰
생각에 빠져버리는 것 같은 그런 막연한 질문 말이야. 난 항상 이런 질문이나 말을
들으면 뭐라고 대답해야 할지 계속 생각할 뿐이야. 그러면서도 난 사람들에게 말
하지 하루 하루 노력해가며 긴장해가며 살아가고 있는데 결국 행복도 하루 하루
노력하고 긴장해야 얻을 수 있는 게 아닐까. 그래, 난 행복해지려고 노력하는 중이
니까. 오늘도 살아가는 중이니까. 어디에 있을까 너.

행복은 어디에

—

내가 행복에 대해서 다른 날보다 더 진지하게 이야기했던 날은 아마도 그때가 2017년도 10월쯤 이었던 거로 기억해 친구의 과제를 도와주면서 했던 이야기였으니까 말이야. 그래, 그날은 그냥 지극히 평범하고 잔잔하게 흘러갔던 날이었지 친구가 나에게 행복이라는 주제에 대한 글을 작성해서 제출해야 한다고 하기에 "그래 그거 뭐 얼마나 어렵겠냐 한 번 해보자"라며 너무도 쉽게 내뱉었던 말이 그렇게 진지하게 흘러갈 줄은 나도 몰랐으니까.

'때론 의도하지 않은 말이 내 삶의 동반자가 되더라.'

내가 그 말을 하자마자 친구는 "야 내가 쉬웠으면 진작에 다 했겠지"라며 반문을 했었는데 하기는 무슨 아예 시작조차도 안 했으면서 말만 겁나게 잘하고 몇 글자라도 써놨으면 모를까 이건 거의 나한테 도와달라고 하는 게 아니라 내 과제 좀 대신해줘 가 아닌가. 그래도 치킨 사준다고 하는데 안 할 수는 없어서 내가 그 날부터 친구와 신나게 놀면서 과제를 도와줬었다.

문제는 그때부터 시작했다. 우리는 행복이라는 것에 대해서 알고는 있었지만 글로 풀어서 적어본 적이 없었고 그래서 그런지 글은 적지도 않고 그냥 친구랑 치킨을 뜯어 먹으면서 행복에 관해서 토론 아닌 토론을 하기 시작했다. 내가 치킨에 몰두하고 있을 때쯤 친구가 나에게 말을 걸어왔다.

"야, 동훈아 대체 행복이라는 건 뭘까, 행복하게 사는 게 대체 뭐라고 생각해?"

치킨만 주야장천 뜯어대던 나에게 이 한마디는 마치 아무도 없는 빈방에 홀로 앉아 밤하늘에 떠 있는 달을 바라보고 있는 것처럼 공허함을 느끼게 해줬다.

그래 대체 그 행복이라는 게 뭔데 나에게 이렇게 큰 공허함을 느끼게 하는 걸까. 그렇게 깊은 상념을 떨치고 나는 친구에게 말했다.

"야 행복이라는 게 별거 있냐. 그냥 밥 잘 먹고 화장실 잘 가고 내가 하고 싶은 거 하면서 가족들이랑 잘 지내고 친구들이랑 재밌게 노는 거지." 그렇게 아무렇지 않다는 척 입 밖으로 말을 꺼내면서도 나는 속에서 피어오르는 우울을 다잡고 친구의 입에서 나올 말을 묵묵히 기다려줬다.

근데 원체 이 녀석은 뭘 그렇게 깊게 생각하지 않고 살아가는 친구여서 내 말을 듣고는 그냥 아무 일도 없다는 듯이 열심히 치킨만 씹어 대더라. 아니, 그럴 거면 대체 나한테 왜 그렇게 심오한 질문을 했는지 원 정말 안 그래도 생각이 너무 많아서 흘러넘칠 지경인 사람한테 또 다른 생각을 하게 만들다니 참 짜증이 솟구쳐 올라오더라.

그래서 나는 아무래도 그때부터 행복에 대해서 진지하게 생각했던 것 같다. 그렇게 친구가 아무 일도 없다는 듯이 툭 던져낸 말이 내 삶의 동반자가 될 줄 어떻게 알았겠는가.

'생각에 생각을 더하면 그 생각은 삶의 동반자가 되더라.'

그래도 어떻게 되든 일단 친구의 과제를 도와줘야 하므로 노트북 앞에 앉아서 어떤 행복에 관해서 쓸 지부터 생각을 해나갔다. 삶의 행복? 음식의 행복? 휴식이 주는 행복? 그것도 아니면 종교가 주는 행복? 선물이 주는 행복? 아니, 대체 행복은 왜 이렇게 많은지 헤아릴 수 없을 정도로 많은데 왜 이때까지 행복에 대해서 고민을 했는지조차도 잊어버릴 정도로 너무 많은데 왜 그렇게 생각에 생각을 거듭했을까 나라는 존재는. 왜 그렇게 우리는 행복을 찾아보려고 했을까 이미 행복은 너무도 많았는데 말이야.

"행복은 항상 내 마음속에 내 곁에 있었는데
너무 가까이에 있어서 못 알아본 게 아닐까."

오늘도 행복을 찾으러 나가는 길 굳게 닫힌 문을 열고 앞으로 걸어 나가고 어제보다 조금 더 힘들었던 오늘의 하루를 한마디로 정리했다. 행복을 찾으려고 나갔지만 결국 나에게 돌아온 건 행복이 아니라 행복하고 싶다는 생각일 뿐 행복을 찾으려고 했지만, 행복은 눈에 보이지 않았고 행복은 찾을 수가 없더라. 그 순간 내가 알게 된 것은 내가 보지 못했던 내 마음속에 있는 작은 행복 그 일상의 행복이 내게 다가온 순간 난 다시는 밖에서 행복을 찾지 않는다.

가장 흔하고 가장 쉽게 찾을 수 있는 그 작은 행복을 감정으로 느끼며 하루를 보낸다.

그래. 행복은 어쩌면 너무 가까이에 있어서 못 알아본 것일 수도 있다고 생각했고 그래서 그런지 어느새, 행복이라는 단어가 행복이라는 주제가 내 삶의 동반자가 되어버렸어.

행복은 가까이에 있는 걸까.

한 마디의 소중함

—

누군가에게는 우리가 세상에 내뱉는 말들이 한 번의 교훈이 되거나 행복이 되거나 위로가 되리란 걸 믿어 의심치 않아. 하지만 모든 사람에게 똑같은 의미로 다가갈 수 없을 테고 사람들은 경험도 생각도 모든 게 다르니까. 내가 오늘 내뱉는 말들이 누군가에게 희망이 되거나 위로가 되기를 바라고 세상에 흩뿌리고는 있지만 모든 사람에게 똑같은 의미가 될 수는 없다는 걸 알아.

'사람들은 잘 모르는 것 같더라 내가 지금 입 밖으로 내뱉는 말이 누군가에게 조금의 힘이 되어줄 수도 누군가에게 조금의 아픔이 될 수도 있다는 걸.'

내가 누군가에게 행복을 만들어 줄 수 있는 게 아니라 내가 흩뿌리는 단어들을 하나씩 모아서 본인의 행복을 만들어가길 바랄 뿐이야. 나는 오늘도 행복을 말하지만 그걸 행복으로 만들어 가는 것은 본인이 해야 할 과정이니까.

내가 원하는 건 네가 원하는 건 우리가 원하는 건 결국 하나가 아닐까 어려운 말도 아니고 어려운 단어도 아닌 그저 행복이라는 단어가 들어간 말 그리고 고마움이라는 단어가 들어간 말. 그 말 한마디면 우리에겐 더할 나위 없는 마음의 미소가 지어지는 나날이 다가오지 않을까 생각해.

'내가 바라는 건 그저 딱 한 마디 어려운 말도 아니고 긴 문장도 아닌 네 덕분에 행복했어 그리고 고마워 행복하길 바라.'

우리가 남들에게 건네준 행복이 고마움이 결국엔 다시 돌고 돌아 우리에게 또 다른 행복이 그리고 고마움이 될 거라 믿기에 오늘도 난 행복을 고마움을 말하고 싶어. 오늘도 행복하길 바라며.

우리 행복해지자.

생각하는 날

—

바람은 불었다. 그렇게 바람에 내 생각도 같이 불어 나가길 기도했는데 바람은 내 생각은 홀로 남겨두고 내 온기만 냉큼 가져가 버렸다. 그렇게 생각은 생각을 만들어냈고 그 생각이 걱정을 불러일으키고 그 걱정이 고민하게 만드는 하나의 과정을 겪게 하더라.

'생각이 점점 많아질수록 걱정도 늘어가고 걱정이 늘어갈수록 고민은 쌓여간다. 그렇게 우리는 오늘도 생각에 뒤덮여 하루를 살아간다.'

오늘도 나는 생각에 뒤덮여 하나의 걱정과 또 하나의 고민을 하고 있고 그렇게 그 처음과 마지막을 보내는 과정에서 난 오늘도 하루를 살아간다. 바람은 그렇게 불었고 생각은 남겨두고 온기만 가져간 채 그렇게 떠났다. 행복을 고민할 수 있는 시간조차도 없게 그렇게 한마디의 말만 남겨 둔 채로.

내가 모르는 사이에 바람에 눈물이 스며들어 차디찬 내 마음을 스쳐 갔고 그렇게 내 마음은 어제보다는 조금 더 따뜻해짐을 느끼네. 그렇게 눈물이 뿜어내는 향기에 난 오늘도 조금은 더 행복해지듯이 바람에 눈물이 스며들어 천천히 세상 밖에 나가 눈물이 뿜어내는 향기에 사람들은 어제보다 오늘 더 행복해 짐을 믿는다. 바람은 눈물을 가져갔고 눈물은 향기를 세상에 흩뿌리고 그렇게 사람들은 어제보다 오늘 더 행복함을 느끼며 하루를 보낸다.

'바람에 눈물이 스며들어 차디찬 내 마음을 따뜻하게 적셔오네 눈물 한 방울이 뿜어내는 향기에 난 오늘도 조금은 행복해지듯이.'

생각은 오늘도 소리 없이 찾아와 내 머릿속에 자리를 잡았고 그런 생각들이 조금씩 모여 한참을 내 머릿속을 뒤집기도 하고 다독여주기도 하고 때론 아무런 생각도 하지 못 하게 만드는 것 같아. 그렇게 구름처럼 왔다가 바람처럼 지나가 버리기도 하고 구름처럼 왔다가 눈처럼 내리기도 하며 혹은 비처럼 내리기도 하는 것 같아.

때론 차가운 눈물이 되기도 하고 따뜻한 눈물이 되기도 하는 것처럼 어떻게 보면 생각은 한참을 머물러 있는 것 같지만 쉽게 사라지기도 하는 것 같아. 오늘도 이런 생각을 하는 지금처럼.

"사람의 생각은 마치 구름과 같아서 한참을 머물러 있는 것 같기도 하고 갑자기 사라져 버리기도 하고 때로는 차가운 눈물을 흘리거나 때로는 따뜻한 눈물을 흘리기도 해."

그래, 나한테 지금 뭐가 필요한 건지 난 정말 모르겠어. 침대에 누워서 벽지를 바라봐도 창밖에서 나에게 다가오는 달빛을 받을 때도 따스한 햇볕을 받을 때도 과연 나한테 필요한 게 무엇인지 난 정말 알 수 없더라.

저 밝은 하늘에 둥둥 떠다니는 구름은 무엇이 들어있는지 저 어두운 하늘에 박혀있는 별에는 무엇이 들어있는지 마치 내 마음이나 내 감정을 알 수 없듯이 잘 모르겠더라. 나에게 휴식이 필요한 건지 행복이 필요한 건지 위로가 필요한 건지 아니면 아무것도 필요 없는지 이미 내 마음속에 모든 게 다 있는 건지 잘 모르겠더라. 아무래도 잘 모르겠어.

'나에게 휴식이 필요한 건지
나에게 행복이 필요한 건지
나에게 위로가 필요한 건지
난 정말 모르겠어.
나도 잘 모르겠어.'

마음아 아직은 울지 말아라

—

2018년 1월쯤이었던가. 내가 가지고 있는 우울을 그래도 조금은 이겨보려고 애를 쓰는 나날을 보냈던 그 유난히도 길었던 그 날들이 나에게 건네준 큰 선물에 대한 추억을 이야기하고자 해.

그날도 여지없이 나는 매주 마다 가는 상담을 가던 날이었어. 그냥 어제와 같고 별다를 바 없는 하루의 시작이었지 그 시간에 친구에게 연락이 왔는데 나랑 같이 봉사 활동을 해보는 게 어떻겠냐는 이야기를 하더라고 뭐, 아무래도 애가 나보다 낯가림이 훨씬 심해서 그런 것 같기도 하고 아니면 그냥 원래 기분파라서 마음 가는 대로 뱉었던 말일 수도 있었겠지만. 뭔가 해보고 싶다는 마음이 생기기에 상담을 해주는 교수님한테 가서 내가 이걸 해도 되는지 어떻게 생각하시는지 물어보기로 했어.

교수님은 내가 한 이야기를 들으시고 잠깐 고민을 하시다가 나에게 이야기를 꺼내시더라고 "동훈 씨, 동훈 씨가 괜찮으면 당연히 해야죠. 그런데 동훈 씨는 어린아이들을 그렇게 좋아하는 사람은 아닌데 괜찮겠어요?" 그래, 맞다 나는 어린아이들을 그렇게 썩 좋아하는 사람은 아닌데 대체 내가 왜 이런 고민을 하고 있을까? 아무래도 친구가 홧김에 한 말에 나도 모르게 훅 넘어가 버린 건가. 친구한테 이야기를 들었을 때 뭔가 나를 끌어당기는 느낌이 들었는데 그것 때문인 건가.

내가 어린아이들을 그렇게 썩 좋아하지 않게 된 이유는 아무래도 어렸을 때 교회에서 그리고 수련회에서 만났던 애들 때문에 시작된 것 같아. 아무래도 아버지가 목사님이다 보니까 어린아이들하고도 자주 놀아주기도 했고 수련회 같은 곳을 가면 내가 선생님을 했던 적도 있었는데. 그때 어른들도 감당하기 어려운 애들을 어렸던 나 자신이 맡아서 돌보려고 하다 보니까. 엄청 힘들었던 기억이 있어서 그런지 지금에 와서도 난 어린아이들을 썩 좋아하지는 않는 것 같아. 지금도 드문드문 기억이 나긴 하는데 아무래도 썩 좋은 기억은 아니었던 지 내 마음이 아직도 거부하는 것 같아.

'시간이 지나면 아픔은 영원히 사라질까?'

어떻게 됐든 나는 결국엔 친구랑 같이 봉사 활동을 하기로 했어 정말 시작부 터 끝날 때까지 말 못 할 고민들이나 우울이나 좋지 않은 일들이 좀 생기긴 했 지만 그래도, 나는 아이들을 위하는 마음으로 최대한 긍정적인 생각을 하면서 봉사 활동을 진행하게 됐지. 3주 동안 하게 됐는데 1주일은 봉사 활동 준비를 했고 2주일간 봉사 활동을 진행하게 됐어. 3주간 봉사 활동을 하면서 느꼈던 감정 중의 하나가 있는데 그건 바로 아직은 아이들의 순수함은 사라지지 않았 다는 거야.

세상은 점점 더 아파가고 어두워져 가기 때문에 아이들의 순수함도 점점 더 어둠에 덮어지거나 사라졌을 거라고 생각했지만 그건 극소수일 뿐이고 아직 도 세상에는 아이들이 뿌려대는 순수함의 향기가 흘러나가고 있다는 걸. 그걸 알게 된 이후로 난 조금은 더 확신할 수 있게 되었어. 내가 하고 싶은 일을 조금 은 더 천천히 그리고 단단하게 기초를 만들고 해나갈 수 있는 그런 마음의 희 망이 생겼다는 거야.

아이들의 순수한 향기를 받아 왔으니 이제는 이 순수함의 향기를 작은 위로 와 작은 행복의 향기로 다시 세상에 흩뿌리는 준비를 해야 한다는 것. 그래, 세 상도 네 마음도 아직은 순수하잖아.

'마음아 네가 생각했던 것보다 세상이 그렇게 행복한 건 아니야. 다만 그래도 네 마음은 아직 순수하잖아.'

세상에 그렇게 많은 눈물을 흘려대도 세상은 아직 미숙하고 완성되지 않는 그런 결과물인 것 같아 그러니까 세상에 눈물을 흘리기 전에 먼저 점점 말라가는 네 마음에 눈물 한 방울을 흘려주는 게 어떨까 라는 생각을 할 뿐이야. 마음이라는 것도 평생을 눈물을 흘려대도 완성되지 않는 그런 미숙한 결과물일 수도 있으니까.

그렇게 미숙하고 완성되지 않은 마음을 향해서 따뜻한 눈물 한 방울을 흘리는 나날을 보낸다면 남들에게도 눈물 한 방울을 건네줄 수 있는 사람이 될 수 있을 테니까. 나에게 필요한 걸 알게 된다면 남에게 필요한 것도 알게 될 테니까. 그러니 마음아 너 자신을 위하여 슬피 울 거라.

'마음아 아직은 울지 말아라. 세상에는 네 울음을 받을만한 공간이 없구나. 마음아 아직은 슬퍼하지 말아라. 세상은 네 생각보다는 아직은 미숙하니까.'

마음아 그렇게 아팠던 나날들을 몰래 지켜봤던 것도 다독여 주지 못했던 것도 정말 미안해. 하지만 그래도 난 네가 아프지 않게 하려고 최선을 다했고 네가 가진 우울을 이겨내려 하기 위한 나날을 보냈어. 내가 그렇게 힘들었던 나날을 보냈던 것을 알았기 때문에 너도 날 그렇게 기다려줬고 혼자 아파했던 걸 알아 그래서 정말 고마워 이제는 아픔도 우울도 다 인정하고 살아갈 수 있게 해줘서 고마워. 오늘은 어제보다는 더 행복해지자.

"그래, 마음아. 오늘은 어제보다는 더 행복해지기 위해 걷자."

마음아 고마웠어.

때 묻지 않은 긴장감 그리고 사랑

—

처음으로 제대로 된 긴장감을 느꼈을 때는 이게 어떤 감정인지조차도 구별할 수 없을 정도로 때 묻지 않았던 내 자신이었던 것 같아 그렇게 아무것도 몰랐던 내가 점점 세상이라는 공간 속에서 힘들고 아프고 즐겁고 행복한 그런 나날들을 보내면서 내 마음은 때로는 환한 빛처럼 때로는 깊은 어둠처럼 변할 때도 있었지만 결국 빛도 어둠도 때 묻지 않았던 나 자신에게 주는 한 겹의 때와 같다는 걸 알게 되더라.

하지만 그 한 겹의 때와 같은 것 바로 그 경험이라는 건 나에게 득이 될지 독이 될지는 나 자신도 그 누구도 알지 못하는 마치 제대로 포장이 된 커다란 선물 같아. 그렇게 긴장감을 가지고 살아왔던 내게 주는 또 다른 긴장감을 일깨워주는 그런 선물 같아. 받고 싶지 않아도 나에게 기적처럼 다가오는 그런 선물 같아.

'때 묻지 않았던 그 나날들의 긴장감은
점점 세상의 견딜 수 없는 나날을 보내며
그리도 짙은 때가 묻어 나오는구나.'

그렇게 방황하던 마음이 제대로 자리를 잡게 된 것은 어색했던 만남이 천천히 우연한 만남으로 바뀌고 그렇게 운명이라는 것을 믿게 되어서 서로의 마음이 합쳐질 때쯤이 아니었을까 생각한다. 그렇게 남들과 다른 시작 똑같지 않은 과정을 통해서 사랑이라는 열매가 조금씩 달달해지는 과정을 눈앞에 두고 그렇게 감정은 떠나버렸나 보다. 그렇게 남들과 다른 사랑은 새로운 끝을 만나게 되었고 그 날은 어쩐지 하늘에서 내리는 비가 내 눈에 옮겨 왔는지도 모르겠다. 만남은 어색했고 긴장감이 묻어 나왔으며 우연은 운명이 되었고 마음이 합쳐져 사랑했지만 이별은 비처럼 슬펐다. 긴장감만을 남긴 채.

'철 지난 감정은 되돌아오지 않고 쓰디쓴 감정은 마음속에 묻혀둔다.
그렇게 사랑은 떠나갔으며 그리도 이별은 슬피 우는구나.'

가끔은 가만히 앉아서 달을 바라보고 있노라면 바람이 내 곁을 스치고 지나가는 것인지 아니면 달에게 남아있는 내 기억을 바람이 스치고 지나가는 것인지 모르겠어. 나에게 바람이 부는 건지 아니면 달에게 바람이 부는 건지 그렇게 흔들리지 않던 내 마음이 흔들리는 건지 아니면 달에게 남아있는 기억이 흔들리는 건지 알 수가 없어. 그저 아무 생각도 없이 가만히 앉아서 달을 바라보고만 있을 뿐이야 그저 혼자 외로이 바라보고만 있을 뿐이지. 어쩌면 혼자보다는 둘이 나을 수도 있겠지만.

"달에게 바람이 부는 건지 아닌지 나에게 바람이 부는 건지 아닌지 모르겠어."

내가 가진 마음아 다시는 남에게 휘둘리지 말고 아픔에 휘둘리지 말고 끝없는 생각과 우울에 흔들리지 말아줘 네가 그렇게 흔들릴 때마다 난 마치 이 넓고 좁은 세상에 혼자 있는 것 같은 기분이 드니까 그렇게 네가 흔들릴 때는 나 혼자서 아무것도 하지 못하고 그저 가만히 앉아있는 것도 잠을 자는 것도 집

안에서 돌아다니는 것조차도 힘이 드니까. 내 마음아 네가 그렇게 휘둘리고 흔들릴 때마다 난 너에게 내가 가진 모든 힘을 줄 수밖에 없으니 오늘은 조금만 더 버텨줬으면 해. 긴장감에 묻혀 있더라도 조금만 더 버텨줬으면 해. 아니, 사실은 그만 버텨내고 이제 나를 받아 줬으면 해.

"혼자인 나는 대체 어떻게 하라고 그렇게도 처절하게 흔들리고 바람에 휘날리는 거야."

내가 저 먼 곳을 바라보고 있을 때 너는 가장 가까운 곳을 바라보고 있었고 우리는 서로가 바라보는 그곳을 서로가 바라봐줬으면 하는 마음일 뿐이야. 우리가 원하는 것도 그리고 향하는 길도 다르겠지만 그저 우리가 바라보는 것은 하나로 이어졌으면 하는 마음일 뿐이야. 우리는 지금까지 살아온 나날도 겪어온 경험도 모든 게 다 다르겠지만 그래도 같은 곳을 바라보며 같은 것을 향하여 걸어갈 수 있기를 바라며.

"내가 바라보는 저곳을 너도 봐줬으면 해.
네가 바라보는 이곳을 너도 봐줬으면 해."

그래 줬으면 해.
안녕, 사랑아.

눈물 자국

—

다시는 그 슬픈 마음에 네 눈물을 애써서 담아내려 하지 말아라. 세상은 네가 생각하는 것보다 더 크지도 더 작지도 않지만 그래도 네 눈물을 받아 줄 수 있을 만한 공간은 충분할 테니까 그리고 네 주변 사람들은 소중한 너라는 존재가 그렇게 쏟아내는 눈물을 가만히 보고만 있지는 않을 테니까.

그러니 온 세상을 다 적셔버릴 만큼 그렇게 원 없이 슬피 울어 보아라 네 마음이 조금은 홀가분해지고 덜 아플 때까지 슬피 울어 보아라.

"마음아 세상이 떠내려갈 만큼 슬피 울어라.
그래, 네 울음이 온 세상을 적셔 버릴 만큼."

내가 지금 흘리고 있는 눈물은 말로 설명할 수 없고 마음으로도 설명할 수 없는 그런 눈물이야 마치 내 마음은 항상 울고 있었던 것처럼 마음을 바라봐주지 못하는 나에게 보내는 마지막 신호인 것 같아 내가 그걸 바라보지 못하고 놓쳐버렸다면 더욱더 처절하고 무참하게 무너져버린 엉켜버린 내 마음을 보았겠지.

지금이라도 볼 수 있어서 다행이야 그나마 지금은 내가 내 마음을 향해서 따뜻한 눈물 한 방울을 흘려줄 수 있으니까. 그토록 무너져 내리고 있는 마음을 향한 따뜻하고 처절한 눈물 한 방울을 흘려줄 수 있으니까.

"처절한 눈물이 나도 모르게 흐를 때쯤에 엉켜버리고 흐트러진 내 마음을 보게 되었지."

나와 비슷한 삶을 살고 나와 비슷한 생각을 하고 그런 과정들을 겪었던 사람들은 알겠지. 처음 하는 일을 하기 전에 그 일에 대해서 하나부터 열까지 다 걱정하며 그에 대한 계획을 짜고 그 일이 잘 풀리지 않았을 때의 대안까지 생각하며 불안한 마음을 이겨보려고 하는 것 익숙하지 않고 처음 하는 일이라서 더 신경 쓰고 더 확실하게 준비하는 것 모든 일을 할 때 완벽함에 완벽을 더 해서 하는 것 그럼에도 불구하고 두렵고 불안한 마음은 사라지지 않더라.

그래서 난 그 불안하고 두려운 마음을 들키지 않으려고 그렇게 수없이 나 자신을 단련하고 다스릴 수밖에 없었던 것 같아 누가 봐도 내가 불안하고 두려운 것을 모르게 최선을 다할 수밖에 없었던 것 같아 그렇지만 지금은 조금은 더 자신을 내려놓고 내 감정에 충실하고 나 자신을 다스릴 수 있었던 것도 그 과정을 잘 받아들였던 것 때문이 아닐까.

내가 가진 것을 버리지 않고 숨기지 않으며 온전히 내 것으로 만드는 그런 과정을 말이야.

"뭔가를 할 때 두려운 마음도 불안한 마음도 크지만 사실 익숙하지 않고 처음 하는 일이라 더 그런 것 같아."

슬픔이 지속될 때 나에게 남아있는 것은 비어있는 감정의 공간 혹은 가득 차 있는 생각의 공간 그리고 그 뒤에 밀려오는 끝없는 공허함 일 거야. 마음속에는 그 흔한 감정의 찌꺼기도 없을 테고 그저 슬픔의 눈물이 지나간 자리에 새로이 피어나는 처절한 빛줄기밖에는 없겠지. 그 처절한 빛줄기에 나는 또 다른 아픔을 심게 될지 아니면 슬픔을 심게 될지는 모르겠지만 그래도 이왕이면 아픔보다 슬픔보다 더 나은 행복이나 사랑을 심어보고 싶어 처절한 빛줄기마저도 점점 크게 만들어주는 그런 행복의 향기가 묻어나올 사랑을 말이야. 그래. 그리고 너도 행복해졌으면 좋겠어.

"슬픔, 그 뒤에 밀려오는 공허함. 공허, 그 속에서 찾을 수 있는 처절한 빛줄기."

생각에 생각을 덮다 보니 어느새 내 안의 향기마저도 점점 덮여가고 섞이고 바뀌는 것 같아. 그렇게 내가 가지고 태어난 우울이라는 향기마저도 그리고 세상과 타협 하느라 천천히 무너져 버린 내 마음의 향기마저도 서로 섞이고 뒤덮여가며 바뀌어 가는 것 같아. 우울을 가지고 태어난 아이가 필요에 의해서 우울을 감추고 살아가는 방법을 배우고 우울이 풍겨대는 향기를 숨기고 새로운 향기를 만들어 가는 것처럼.

그 과정에서 나는 나만이 만들어 낼 수 있는 새로운 향기를 만들어 가겠지. 그게 행복인지 아픔인지 슬픔인지 아니면 또 다른 우울이 만들어 내는 향기일지는 모르겠지만 내게는 우울은 없어져서는 안 되는 친구인 건 확실히 알 수 있게 된 것 같아.

지금까지 우울과 같이 살면서 얻게 된 것은 세상을 살아가는 방법이라면 지금부터 우울과 같이 살면서 얻게 될 것은 내 인생을 살아가는 방법이 아닐까 생각해. 그래. 이왕이면 행복했으면 좋겠어.

그래, 이왕이면 행복했으면 좋겠어.

보이지 않고 빛나는 불빛

—

넌 보이지 않고 빛나는 불빛을 본 적이 있니. 나는 때때로 잠을 자려고 침대에 누웠을 때 보고는 해 보이지는 않지만, 천천히 그리고 또 물처럼 진득하게 빛나는 불빛을 말이야. 마치 혼자 있어도 밝게 빛나는 불빛처럼 그래, 보이지 않고 빛나는 불빛은 밤에만 빛나는 게 아니야 아침에도 때론 낮에도 빛날 만큼 그 무엇보다도 환하지. 때로는 길을 걷다가 문득 하늘을 바라보면 평소에 보이지 않던 가로등의 불빛이 보이기도 하고 아니면 주변에 있는 교회들의 십자가 불빛이 보이기도 하더라.

마치 평소에는 관심이 없지만, 항상 나를 환하게 비춰주는 그런 가로등의 불빛이나 십자가의 불빛 그리고 혼자서 세상을 밝혀주는 달빛처럼 내 마음도 평소에는 보이지 않지만, 항상 빛나고 있고 때론 나를 비춰주는 불빛처럼 그리고 남들을 비춰주는 불빛처럼 살아가고 있어.

'내 마음은 마치 보이지 않고 빛나는 불빛과 같아.

아무에게도 보이지 않고 남들을 비춰주는 불빛처럼.'

보이지 않고 빛나는 푸르른 사랑의 불빛

—

사람마다 하루를 보내다 보면 가장 많이 떠오르는 생각도 다르고 가장 많이 떠오르는 단어들도 다를 거라고 생각해 그리고 그 조용하게 다가오는 생각과 단어들이 각자에게 행복을 줄지 혹은 행복을 넘어서 사랑을 줄지 잘은 모르겠지만 이왕이면 우리가 하루의 시작과 끝까지 또 그 이후의 모든 나날을 보내게 될 때 우리에게 행복이나 사랑을 주는 생각과 단어들을 떠올리는 게 어떨까. 이 거칠고 험난한 세상 속에서 이왕이면 아픔과 슬픔의 생각과 단어들을 떠올리기보다는 행복과 사랑을 떠올리게 해주는 생각과 단어들과 같이 살아갔으면 해. 그랬으면 해.

"아무것도 하기 싫은 날 가만히 앉아서
조용히 다가오는 단어를 바라봤을 때
그 단어에서 오는 행복 그리고 사랑."

사랑은 의도하지 않았던 일들을 겪고 난 후에 쉼을 찾으러 혹은 다른 일을 하기 위하여 내가 예상하지 않았던 장소에 가게 됐을 때 갑자기 찾아온다. 하지만 그 갑자기 찾아오는 사랑은 빠르게 오기도 아니면 천천히 오기도 하겠지. 그렇게 인생의 쉼표나 인생의 갈림길에서 만난 사람이 문득 떠오르는 날이 다가온다면 마치 그 사람은 생각하지 않으려 해도 계속 생각나는 사람이 되어 있겠지.

바로 "너"처럼, 벗어날 수 없는 사랑의 향기가 싹이 트이고 또 점점 피어올라 꽃이 되어 푸르른 향기가 뿜어져 나오겠지. 그리고 내 마음속으로 향할 거야. 거창한 표현이 필요 없는 푸르른 사랑이 되겠지.

"사랑을 말로 표현할 수 있다면 갑자기, 문득, 생각나는, 사람이야.
마치 생각하지 않으려 해도 생각나는 사람이야."
"너."

사랑은 천천히 그리고 깊숙하게 마음을 다독여줬고 무색무취인 사랑의 꽃에 푸르른 색이 묻어나오며 벗어날 수 없는 사랑의 향기가 뿜어져 나오겠지. 마음은 그렇게 거절할 수 없는 사랑을 온전히 받아내어 거창한 표현이 필요 없는 말들이 푸르른 사랑이 되어 나오겠지. 그리고 내 마음속으로 네 마음속으로 향할 거야.

"벗어날 수 없는 사랑의 향기가 싹이 트이고 또 점점 피어올라
꽃이 되어 푸르른 향기가 뿜어져 나오겠지.
그리고 내 마음속으로 향할 거야.
거창한 표현이 필요 없는 푸르른 사랑이 되겠지."

절대 꺾이지는 않을 꽃아 아픔마저도 고스란히 받아낼 꽃아 그리고 꽃잎마저도 고개를 숙이지 않고 바람에 천천히 휘날리는 것처럼 아픔마저도 승화시

키기 위하여 그렇게 흔들리는구나. 그렇게 꺾이지도 사라지지도 않을 자기 자신을 표현할 줄 아는 꽃아 그렇게 묵묵히 또 끝이 다가올 때까지 피어오르거라. 고개도 숙이지 말고 그렇게 향기도 세상에 피어오르거라.

"바람에 치인 꽃잎은 고개를 숙이지 않는다.

그저 작게나마 자기의 아픔을 표현하기 위하여 흔들릴 뿐

그 아픔마저도 승화시키기 위하여 흔들릴 뿐

절대 꺾이지도 사라지지도 않는다."

보이지 않고 빛나는 푸르른 사랑의 불빛.

사랑이 말했다

—

사랑이 말했다. 세상을 뒤덮을 것처럼 향기를 내뿜으면서 마치 이 세상에 우리 둘만 있는 것처럼 말했다. 그렇게 초려하게 기다리던 사랑이 묵묵하게 피어오르는 눈물이 세차게 흘러서 결국 사랑이 될 것을 알았는지 향기를 뿌리면서 사랑이 말했다.

친구야, 네가 본 사랑은 어떤 사랑이니 나에겐 마치 사랑이 나에게 말을 건네는 것처럼 항상 내 마음속에 머물러 있는 느낌인 것 같아 잠을 잘 때도 생각이 나고 잠을 자지 않을 때도 생각이 나는 그런 사랑 말이야. 마치 목적지가 분명하지 않은 길을 걸어갈 때 내 옆에서 묵묵히 나와 함께 걸어가 주는 그런 느낌이야.

친구야 네가 걸어가는 길에는 어떤 사람이 어떤 사랑이 함께 있어 줬니. 나에게는 초려하게 또 묵묵하게 피어오르는 눈물을 흘릴 줄 아는 사람이 있어 줬어 세상을 뒤덮을 것처럼 세차게 눈물을 흘려줬던 사람 말이야 마치 이 세상에 우리 둘만 있는 것처럼 그런 향기를 내뿜으면서.

'사랑이 무엇일까 생각할 때 그렇게 사랑은 소리 없이 찾아왔다.'

너는 내게 사랑이 불편하고 아프기만 한 그저 지나가는 하나의 감정뿐이라고 했지만, 나에게는 사랑 앞에 '그냥'이라는 단어도 '그저 그랬어'라는 단어도 어울리지 않는다고 생각해 사랑은 믿음보다도 소망보다도 그 무엇보다도 소중한 게 바로 사랑이니까. 사랑은 하나님이 우리에게 준 다신 돌아오지 않을 이 첫 번째이자 마지막인 세상을 살아가게 해주는 하나의 원동력일 테니까. 이렇게 어지러운 세상이 아닌 곳 저 위에서는 사랑이 가득 차 흘러내릴 만큼 많다고 하는데 우린 이 어지러운 세상마저도 사랑이 가득 차 흘러내릴 만큼 사랑을 할 수 있다고 생각해.

'마치 이 세상에 남아있는 것은 사랑뿐인 것처럼.'

사랑은 웃었다, 사랑은 지금 이 순간이다.

어제도 오늘도 내일도 그리고 지금도

—

어제도 오늘도 내일도 그리고 지금도 사랑은 우리에게 존재해.
우리는 결국엔 웃을거야 사랑하면서

우리는 웃을 거야 행복한 사랑을 하면서 우리는 행복할거야 웃음이 그치질 않고 넘쳐나는 사랑을 하면서. 사랑은 우리에게 존재해 어디에서 오는지 언제쯤 올지는 나도 잘 모르겠어 하지만 오는 사랑은 확실하게 붙잡고 가는 사랑은 미련없이 보내줘야지. 어제도 오늘도 내일도 그리고 지금도 우리는 사랑을 할 거야.

사랑을 배우고 사랑을 알아가고 사랑에 빠져 서로가 서로에게 새로운 행복을 알려주고 잊을 수 없는 행복한 추억을 안겨 주겠지. 참, 행복할 거야 우리가 사랑을 함으로써 생기는 아주 좋은 향기가 우리와 함께 다니면서 여기저기 많은 사랑을 흩뿌리고 다닐거야. 우리는 서로가 서로에게 위로가 되고 위안이 되고 비로소 사랑이 되어주겠지. 어제도 오늘도 내일도 그리고 지금도 사랑은 우리에게 존재해 그리고 우리는 웃을 거야 사랑하면서.

우리에게 사랑은 있다. 감정은 눈에 보이지는 않지만 누구에게나 존재하고 또 넘쳐 흐른다. 사실 우리는 스스로를 너무 낮춰가며 살아가고 또 그게 맞는 일이라고 생각하는데 우리는 우리가 생각하는 것보다 더 대단하고 더 사랑스럽고 사랑이 가득찬 인생을 살아갈 충분히 가치있는 존재라는 것을 잊어버리면 안된다. 우리는 아주 사랑스러운 사람임에 틀림 없고 우리의 인생은 사랑으로 가득차 넘쳐 흐를 정도로 행복한 삶을 살아갈 충분히 그 존재 자체로 대단한 존재임에 틀림 없다. 우리 스스로를 너무 낮추고 또 너무 높이지 말고 자기 자신이 가장 나답게 살아갈 수 있는 그런 나날을 보내기를 바란다. 믿음을 가지고 인생을 살아가고 사랑을 받으며 지금을 살아가기를 바란다.

사랑 없이는 지금도 없기에 또 믿음 없이는 인생도 없기에 우리는 오늘도 믿음과 사랑을 가지며 살아간다.

사랑하면서.

하늘의 향기

—

집에서 나와 바람을 등지고 천천히 걸어 가는 날
바람과 함께 불어오는 향기는 어디에서 오는 것인지
내 마음에서 불어 오는지 네 마음에서 불어 오는지
보이지는 않지만 느껴지는 것 같아.
향기가 어디에서 오는지.

오늘은 일주일에 두 번 나가는 날 중에 하루인 날 이었어. 음, 아무래도 비가
내린 후 인지는 몰라도 날씨가 좋더라. 요즘에도 항상 긴장되고 두렵기는 하지
만 그래도 예전보다 급했던 성격은 차분해지고 걸음걸이도 예전보다 더 천천
히 걷는 것 같아. 단순하고 천천히 물처럼 살아가려고 하다보니까 그런 걸까.
빌딩 숲에 가려진 하늘을 바라보며 천천히 걸어가던 중에 향기가 불어 왔어.
침대에 앉아 바라보던 하늘을 밖에 나와서 봐서 그랬던 건지 아무래도 밖에서
보는 하늘에서는 향기가 느껴지는 것 같아.

향기는 어디에서 오는지.

행복인걸까

—

오늘은 어제보다 시원한 바람이 불어왔어.

바람과 함께 같이 다가오는 햇볕에 마음도 밝아지는 느낌이야.

하늘에 떠다니는 구름마저도 행복해 보이는 느낌이야.

차갑지 않은 시원한 바람소리에

마음도 따뜻해지고 한결 가벼워지는 것 같아.

그래, 내가 그랬잖아 오늘은 바람이 불어온다고. 어제의 바람보다는 차갑지 않고 시원한 바람 말이야. 그렇게 시원한 바람과 같이 다가오는 따뜻한 햇볕도 행복한 것 같아. 하늘도 어제와 달리 더 밝아보이고 떠다니는 구름마저도 행복해 보이는 느낌이야. 차갑지 않은 시원한 바람소리에 마음도 따뜻해지고 한결 가벼워지는 것은 바로 행복일거야.

이게 바로 행복인걸까.

오늘이니까

—

어제의 하늘은 마치 내 마음처럼 복잡했지만

오늘의 하늘은 정말 예쁘구나

예쁘다는 말로는 부족할 정도로 환하게 빛나는데

굳이 이 하늘에 어울리는 단어를 찾아보자면

행복이라고 해야 할까

군이 저 환하게 빛나는 하늘에 어울리는 단어를 만들어 줄 필요는 없겠지만 그래도 말하자면 행복이라는 거야. 오늘은 하늘이 너무 예쁜데 그 예쁘다는 말로 표현을 하더라도 부족한 게 바로 오늘인 거야. 잔잔하고 또 밝게 빛나는 예쁜 하늘을 보다보면 누구라도 행복해지는 게 바로 오늘 이니까.

네가 바로 행복이니까.

제3장
내일의 나

슬픔의 길은 그렇게 길지는 않다.
하지만 태어날 때부터 우울의 길을 걸어온 사람은
인생의 마지막 까지 우울을 가지고 살아야겠지.
마치 우울과 평생을 친구처럼 살겠지.

우울과 함께 우울과 같이 그렇게 지금까지 걸어왔던 나날들은 쉽지는 않았다. 때론 불안하고 때론 어둡고 또 아무것도 하기 싫은 무기력한 나날들과 함께였지 하지만 그렇게 많은 나날이 지난 후 나는 그래도 조금은 나아질 수 있었어. 우울해도 불안해도 할 일을 할 수 있게 되었지 하지만 매번 모든 일에 긴장하고 미리 계획하는 건 어쩔 수 없더라. 우울과 친구가 되었지만 거의 매일 매일 싸우는 느낌이야. 그래도 우린 서로 끝까지 친구로 살겠지 웃으면서.

내일은 어떨까.

하염없이 지나가는 날
—

내일이 오는 날 나는 대체 무엇을 하고 있을까. 지금처럼 집에 가만히 앉아서 달을 바라보면서 글을 적어가고 있을까 아니면 세상을 돌아다니며 많은 사람을 만나보고 겪어보면서 글을 적어가고 있을까 그것도 아니면 사람들 앞에 서서 내가 가지고 있는 모든 생각과 감정들을 위로라는 이름으로 또는 행복이라는 이름으로 전해주고 있을까. 지금에 충실하며 살아가고 있는 오늘 내가 바라볼 수 있는 건 내일이 오는 날. 내가 과연 무엇을 하고 있을지 바라던 꿈을 이뤘을 지가 가장 궁금한 지금이야.

"내일이 오는 날 내가 무엇을 하고 있을까?"

친구야 넌 그런 생각 안 해봤니. 내일이 오면 지금 내가 하는 일을 계속하고 있을지 아니면 전혀 생각하지도 못한 일을 하고 있을지 그런 생각 안 해봤니? 난 생각이 너무 많은 사람이라서 어제도 오늘도 생각에 묻혀 살아왔는데 그중에 가장 많이 떠오른 생각은 이것 같아. 난 무엇일까, 난 뭘 할 수 있을까, 내가 뭘 하게 될까 같은 큰 의미는 주어지지 않지만, 그냥 막연하게 생각나는 그런 것 있잖아. 넌 오늘 아침에 그리고 잠을 자기 전에 무슨 생각을 했니.

"큰 의미 없는 생각이 현실이 되는 내일이 온다면."

그래, 내가 네가 혹은 우리가 그냥 막연하게 생각하고 지나왔던 것들이 나도 모르게 남도 모르게 이루어진다면 어떨까. 그것도 아니면 내가 평생을 노력하고 결심하고 진행해왔던 그 내일이 온다면 우린 과연 어떤 모습으로 서 있을까. 마치 세상에 아무도 없는 것처럼 환호성을 지르면서 길 한복판을 뛰어다닐까? 그냥 조용히 주변 사람들과 함께 지금의 기분을 만끽하면서 소소한 축하를 받을까? 과연 넌 내일이 온다면 어떨 것 같아?

나는 내일이 온다면 그게 이루어진다면 웃음이 터져 나올 것 같아. 지금까지 웃고 싶어도 제대로 웃지 못했고 그저 가짜 웃음만 지어가며 살아왔던 날을 그 빛바랜 추억들을 비웃듯이 세상이 떠내려갈 만큼 웃음이 폭발할 것 같아. 아마 추억도 추억 나름이라며 웃으면서 추억 아닌 추억을 떠나보내겠지. 그래도, 그 추억을 버리지는 못할 것 같아 내가 이렇게까지 성장하게 해줬고 내 존재를 확립하는 데 도움을 줬던 게 바로 버리고 싶어도 버리지 못하는 그 어제의 추억이니까.

"때론 의미 없는 추억이 나를 성장하게 해준다."

네가 나를 떠났기에 흘러내린 눈물인가 아니면 너를 떠나보내야 했기에 흘러내린 눈물인가 내가 보여 줄 수 있던 건 그저 내 나약하고 상처받은 내면의 아픔들뿐 이였는데 넌 항상 내 나약하고 상처받은 내면의 아픔을 따뜻하게 안아주었어. 너의 그 따뜻함이 아니었다면 그렇게 차갑고 차가웠던 내가 이렇게 될 수 있었을까. 그저 넌 나에게 따뜻한 눈물 한 방울을 흘러주었고 난 웃으며 떠나보낼 수밖에 없었지. 그게 내가 할 수 있었던 마지막 인사니까.

나에게 행복을 줬던 사람아 이제는 따뜻한 행복을 아낌없이 받는 사람이 되길 바라. 웃으며 행복하길 바라.

"눈물은 그렇게 흘러내렸다.

떨어져 내리는 눈물을 붙잡지도 못했고 떠나가는

네 마음을 붙잡지도 못했다. 그렇게 눈물은 흘러내렸다. 하염없이."

생각을 머릿속에서 천천히 그렸고 그렇게 생각은 말로 표현되어 우리가 살아가는 세상 속에 흩뿌려졌다. 생각은 그렇게 밖으로 끄집어내졌고 그렇게 생각은 세상 속에 흘러내렸다. 우리도 모르는 사이에 우리가 지나쳐버린 생각들이 모여 하나의 과정으로 탈바꿈이 되었고 그 과정들이 하나씩 모여 우리가 바라는 결과가 된 동시에 결국 세상은 그렇게 만들어졌다. 세상에 빛과 어둠은 그렇게 존재한다.

우리는 오늘도 머릿속에 빛과 어둠을 그렸고 그렇게 빛과 어둠이 세상 밖으로 끄집어내졌고 그렇게 흘러내렸다 천천히. 그렇게 빛은 밝게 빛났다. 어둠보다 찬란하게.

"생각을 그렸고 생각을 말로 표현했다 생각을 밖으로 끄집어냈고 그렇게 생각은 흘러내렸다. 천천히."

그냥 조금씩 익숙해져 가고 조금씩 알아가며 달라져 가고 있을 뿐이야 그 누구도 날 알아주지는 못했지만 결국 내가 다른 사람에게 내 진실 된 마음을 표현하지 못했던 게 아닐까 라는 생각을 했어. 하지만 내 진실 된 마음을 표현하고 말할 수 있는 사람이 많이 없는 게 지금의 현실이겠지. 아니면 주변에 사람은 많지만 내 위치가 그리고 내가 하는 일에 조금이라도 피해가 갈 수 있기에 오늘도 '나는 너는 우리는' 그렇게도 혼자 아파하고 혼자 울음을 삼켰는지도 몰라.

내가 힘들고 어려워하는 걸 이미 내 주변에 있는 사람들은 다 알고 있을 수도 있어 하지만 겪어보지 않은 사람이 해주는 말은 결국엔 우리에게는 듣기 싫은 한 마디일 뿐이겠지. 그래도 우리는 마음속에 담겨져 가고 있는 말을 하고 싶은 사람이 필요할 뿐이야. 이해해 줄 수 있는 사람은 있지만 난 아직도 나 자신을 알아가고 있을 뿐이야.

"혼자 있는 것도 같이 있는 것도전혀 쉽지 않고 어려운 일이야.
가만히 있어도 힘들고 움직여도 힘들어.
근데 사람들은 이해를 못 하더라. 왜 어렵고 힘든지."

우리가 서로에게 바라던 게 위로였는지 아니면 행복이었는지 내가 위로를 받고 싶었던 건지 아니면 네가 위로를 받고 싶었던 건지 아직도 모르겠어. 내가 행복을 바란 건지 아니면 네가 행복을 바란 건지 그리도 꽉 잡고 있던 마음을 천천히 놓아가고 있을 때도 우리는 알 수 없었지. 결국, 서로가 서로에게 바라는 것만 많았고 서로에게 베푸는 마음이 점점 작아져 갈 때쯤 우리는 꽉 잡고 있던 마음을 놓아버릴 수밖에 없었지. 행복인지 위로인지 그것도 아니면 사랑인지.

그래. 우리는 알 수 있을까.

"내가 바라던 게 단지 행복이었는지 네가 바라던 게 단지 위로였는지 내가 행복을 바란 건지 네가 위로를 바란 건지 우리는 알 수 있을까?"

눈을 감고 세상을 바라보니 내가 세상에 흩뿌린 말 한마디의 향기가 다른 사람들에게 조금씩 흘러 들어감이 보였다. 과연 내가 세상에 흩뿌린 말 한마디의 향기가 그 사람에게 환한 빛이 될지 아니면 짙은 어둠이 될지는 모른다. 하지만 내가 흩뿌린 말 한마디의 향기를 받은 사람들이 그저 조금은 더 환한 빛이 가득했으면 하는 긍정적인 마음을 가지고 한다면 조금은 더 환한 빛을 뿜어내는 향기가 되지 않을까 생각한다. 그렇게 내가 흩뿌린 말 한마디의 향기가 세상에서 조금은 더 밝게 빛나기를 바라며 오늘도 적는다.

"눈을 감으니 세상의 향기가 보였다.
오늘도 사람들이 세상 속에 뿌려대는
수많은 말들이 가지고 있는 향기는
그렇게 사람들에게 흘러 들어가더라."

말 한마디가 처음부터 사람의 생각을 바꿔 나가게 해주지는 않는다. 그저 처음에는 저 사람이 무슨 이야기를 하는지 관심이 없다가 점점 관심이 생겨서 그게 점점 나만의 생각이 되어가는 것이고 그렇게 해서 만들어진 생각이 내 행동에 조금씩 묻어나오며 그 크고 작은 행동들이 하나둘씩 모여서 그렇게 나 자신을 바꾸고 내 주변 사람들에게 영향을 끼친다. 그렇게 해서 사람은 자기 자신의 인생을 바꿔 나감과 동시에 주변에 좋은 사람들도 좋지 않은 사람들도 만나게 될 테니까. 좋은 사람에게는 더 좋은 사람이 될 수 있는 말을 해주고 좋지 않은 사람에게는 어제보다 조금은 더 좋은 사람이 되게 해주는 말을 해줄 수 있을 테니까.

"말 한마디는 생각을 바꾸고 생각 한 번은 행동을 바꾸고 행동 한 번은 사랑을 바꾸고 사람은 그렇게 해서 인생을 바꿔 나간다."

지나가는 나날의 기록들.

눈물 한 방울

—

내 마음은 그리고 내 감정은 그렇게 아무도 모르게 혼자 아파져 왔었고 그 아픔을 나 자신조차도 알지 못할 정도로 그렇게 혼자서 슬피 울었나 보다. 그렇게 나도 모르게 내 감정에 내 마음에 박수를 쳐주기보다는 그저 눈물 한 방울을 흘려보냈다. 얼마나 힘들었을지 모를 정도로 그렇게 혼자 쓰러지고 혼자 뭉개져 버린 그 마음에 그 감정에 처절한 눈물 한 방울은 상처받았던 나날을 조금이라도 다독여 주겠지. 힘들었던 그 나날을 감싸 안아주겠지.

'이리도 아팠을 내 마음에 내 감정에 나는 박수를 쳐주기보다.
그냥 눈물 한 방울을 흘려주었다. 얼마나 힘들었을까.'

그렇게 눈물 따위는 흘리는 게 아니라고 눈물 한 방울 흘릴 바에는 차라리 웃음 한 번 더 미소를 한 번 더 짓는 게 나에게 더 도움이 될 거라고 생각했던 어제의 나에게 난 그저 따뜻한 눈물 한 방울을 흘려줄 뿐이고 그 처절하고 따뜻한 눈물 한 방울이 점점 쓰러져 내려가는 나 자신에게 조금은 위로가 되어줄 거라는 생각을 할 뿐이야. 그저 눈물 한 방울이 조금은 위로가 되어주겠지. 그렇게 믿으며 눈물 한 방울을 흘릴 뿐이야. 아픔조차도 씻겨 내려가게.

"처절한 눈물 한 방울은 상처받았던 나날들을 조금이라도 다독여 주겠지. 힘들었던 그 나날들을 감싸 안아주겠지."

그렇게 사시나무 떨듯 쉼 없이 떨어대던 내 마음도 그렇게 긴장하며 하루를
버텨내고 아파져 왔던 내 감정도 눈물 한 방울을 대면하게 되었을 땐 그렇게
천천히 행복을 알아가게 되었지. 아파져 왔던 나날들 버텨온 어제의 하루가 그
렇게 따뜻하고 처절한 눈물 한 방울을 만나게 되던 날 위로를 알게 되었고 행
복을 알게 되었고 결국엔 나 자신을 알게 되었지.

"눈물 한 방울은 아픔조차도 씻겨 내려가게 해주겠지. 그렇게 흔들렸던 내
마음조차도."

그렇게 쓰러져가는 마음이 의도하지 않은 눈물을 만났을 때 드러나지 않으
려 애썼던 차가운 마음은 서럽고 처절하게 녹아내렸지 감정도 마음도 남들에
게 보여주지 않으려 그렇게 애써서 감춰온 그 나날들이 천천히 조금씩 열렸고
그 열린 틈으로 의도하지 않는 눈물이 스며 그렇게 천천히 녹아내렸다. 흐르지
않던 눈물이 흐르게 되었고 굳게 닫혀있던 마음은 그렇게 녹아내렸다.

'의도하지 않은 눈물이 천천히 뚝뚝 떨어질 때
그렇게 숨겨진 차가운 마음은 서럽게 녹아내렸다.'

그렇게 눈물은 흘렀다.

사람 그리고 사랑

—

사람에게 향기가 있다면 넌 그 존재 자체만으로도 그저 따뜻한 향기를 뿜어 내는 사람 같아 그렇게 네 곁에만 있으면 차가웠던 내 마음조차도 일순간 따뜻 해지고 그렇게 조금씩 천천히 변화해가는 걸 느낄 수 있으니까. 마치 넌 잔잔 한 바닷물처럼 때로는 조용하게 내 마음에 파도를 치고 때로는 강렬하게 내 마음에 파도를 치는구나. 그렇게 넌 내가 하루를 잔잔한 행복과 소소한 행복과 그 안에서 찾을 수 있는 가장 커다란 행복을 다 줄 수 있는 사람이니까. 차가운 향기가 묻어 흐르는 사람마저도 따뜻하게 해주는 사람이니까.

"보고만 있어도 마음이 편해지는 사람
말하지 않아도 따스함이 묻어 나오는 사람."

사랑의 향기는 그렇게 닫혀있던 마음이 조금씩 열리게 될 때쯤 그 누구도 거절할 수 없는 짙은 향기를 뿜어내고 우리가 그 속에서 맡아낼 수 있는 것은 감춰져 있던 추억이라는 아주 작고 옅은 향기도 있겠지 나도 모르는 사이에 내 마음을 천천히 자극해내어 새로운 사랑을 찾아가게끔 해주겠지. 그렇게 난 또 다른 사랑의 향기를 만들어 내고 뿜어내며 다시금 추억의 향기를 내 마음속 한 공간에 저장하겠지 나도 모르는 사이에 그렇게 추억도 사랑도 마음도 향기가 되어 나에게 흩뿌려지겠지.

"찬란하게 피어오르는 거절할 수 없는 사랑의 향기

그 속에서 묻어 나오는 그리운 그 사랑의 추억."

  생각의 나날들이 지나갈수록 수많은 생각이 내 마음속에 천천히 저장되어 가고 있고 난 그 생각을 조금씩 그리고 천천히 한 글자씩 소중하게 적어가고 있는 중이다. 아침부터 밤까지 밤부터 새벽까지 잠이 오지 않는 날은 그 우울과 고통의 시간을 표현하는 글을 적었고 평범한 날은 좋은 기분과 행복의 시간을 표현하는 글을 적어서 그 글들을 한 번 더 곱씹고 또 다듬어 가며 나만의 글을 적어 가는 중이다.

  나와 같은 일을 겪었거나 나와 같은 좌절 혹은 우울을 겪는 중이거나 아니면 감정을 제대로 표현하지 못하거나 감정에 너무 예민한 사람들에게 위로나 행복이 되어주는 글을 적고 싶은 마음뿐이다. 우울도 좌절도 아픔도 내 마음속에 있겠지만 행복도 사랑도 희망도 소망도 내 마음속에 있다는 걸. 모두 이제 조금은 쉬어가길 바라요.

  "단어 하나를 소중하게 생각하고 의미를 두고 적으며

그걸 보는 사람들의 행복을 기도하는 마음 그게 행복이겠지."

  달이 어느 순간부터 나에게 말을 건네 왔다. 아니, 내가 달에게 말을 했던 건지도 모르겠어. 이제 그만 웃게 해달라고 그만 억지로 웃게 해달라고 지금은 웃고 싶은 게 아니라 다른 감정을 표현하고 싶은데 그저, 내 마음은 그리고 감정은 미소라는 것에 빠져서 헤어 나오질 못했어 억지로 웃고 있는 내 모습을 보던 소중한 친구들은 내게서 행복의 감정이 아니라 슬픔의 감정을 느꼈다고 해. 그래, 항상 웃고 있던 내게서 행복보다는 슬픔이 보였고 그래서 쉬어갈 수밖에 없었던 그런 나날들이 다가왔는지 몰라.

"달아 행복해 보인다는 말을 들을 만큼 행복해지자.
이젠 슬퍼 보이지 않는다는 말을 들을 만큼 행복해지자."

끝없는 어두움이 다가오는 잠을 자기 전에 그리고 끝없는 환한 밝음이 다가오는 잠에서 일어날 때 누구나 한 번쯤은 생각해봤을 만한 그런 이야기. 세상이 떠내려갈 만큼 묵직한 사랑을 마음이 행복해질 만큼 행복한 삶을 살고 싶어 내가 바라보는 그 세상의 모든 묵은 때가 떠내려갈 만큼 묵직한 사랑을 처절하게 무너져버린 내 마음이 행복해지는 삶을 살고 싶어. 그럴 수 있겠지.

"사랑하고 싶어, 세상이 떠내려갈 만큼
행복한 삶을 원해, 마음이 행복해질 만큼."

사람도 사랑도 행복해질 만큼.

어제보다 오늘은 조금은 더

—

웃고 싶지 않아도 웃어야 하는 이 세상 속에서 이제는 억지로 웃기보다 조금은 더 자연스럽게 웃을 수 있기를 그리고 어제는 웃고 싶지 않아도 웃었다면 오늘은 내가 진정으로 웃고 싶을 때 어제보다 조금은 더 자연스럽게 웃을 수 있기를 바라며. 자연스럽게 웃을 수 있는 오늘이 지나고 내일이 온다면 조금은 더 행복해질 수 있기를 바라며. 우리 행복해지자.

"어제보다 오늘 조금은 더 자연스럽게 웃고

오늘보다 내일 조금은 더 행복해지자."

어제의 우리가 남을 위해서 살아왔다면 오늘의 우리는 나를 위해서 살아보는 하루가 되었으면 좋겠어요. 그래서 내일의 우리가 나를 위해서 살든 남을 위해서 살든 조금은 더 행복해지지 않을까 생각해요. 어제의 우리에게 슬픈 일이 생겼다면 오늘의 우리에게는 행복한 일이 생기길 바라요. 그래요, 오늘은 조금은 더 행복해지려고 살아 봅니다. 행복하길 바라요.

"행복한 일도 슬픈 일도 많이 있지만

오늘은 조금은 더 행복해지려고 살아 봅니다."

너와의 모든 순간은 말로 표현할 수 없을 만큼 행복했고 너와 보냈던 모든 시간은 즐거움이라는 단어를 사용하기에 딱 알맞은 시간들이었지. 그렇게 모든 나날에 사랑이라는 단어를 입힐 수 있게 해줘서 고마워 그리고 행복할 수 있게 즐거운 나날을 보낼 수 있게 해줘서 고마워 비록 지금은 서로 다른 곳을 보며 걸어 나가고 있지만 새로운 사람을 만나 사랑을 하며 행복하길 기도할게. 이미 지나버린 나날에 새겨진 사람을 그리고 사랑을 추억하며. 안녕.

"행복했어. 너와의 모든 순간이
즐거웠어, 너와의 모든 시간이
모든 나날에 사랑할 수 있게 해줘서 고마워."

너는 사람답게 사는 것이 무엇인지 내가 행복하게 사는 것이 무엇인지 내가 사랑하며 사는 것이 무엇인지 알려줬고 너는 삶을 살아가는 의미도 알려줬어 너는 내가 걸어가야 하는 방향을 알려준 그런 사람이야. 그래, 삶을 살아갈 수 있는 의미를 내게 알려준 그런 사람이야. 이 끝도 없이 길게만 느껴지는 지루한 인생에 주변에 아무것도 없이 초라하게 펼쳐진 기억의 공간들만을 바라봤던 이 길에 때로는 밝게 비춰주는 별빛이 되어주기도 했고 때로는 지루하지 않게 나에게 달빛을 보내주어 생각하게 해주었지. 사는 게 무엇인지 지루하지 않은 인생이 되는 게 무엇인지 알려 주었어.

그건 바로 사람과 함께 걸어가는 거야. 사람과 함께 사랑을 걸어가는 거야. 웃으면서.

"너는 사람답게 살아가는 게 무엇인지

너는 행복하게 살아가는 게 무엇인지

너는 사랑하며 살아가는 게 무엇인지 알게 해줬어."

오늘은 어제보다 행복할 수 있기를 바라며

나를 아껴주는 사람과 함께

행복한 시간을 보낼 수 있기를 바라며

오늘도 살아간다.

의미 없이 보냈던 그 지루한 시간들이 이제는 의미를 찾아 즐거운 시간으로
바뀌고 그 안에서 오는 의미로 가득찬 행복을 만나 추억을 남길 수 있기를 바
라며 보낸다. 진정으로 나를 아껴주는 사람을 만나 서로의 삶을 공유하고 행복
도 공유하며 세상을 바라보는 시선이 달라질 수 있기를 바라며 오늘도 살아간
다.

사람을 만나 사랑으로 걷는 날.

존재의 의미

—

내가 쉼 없이 나를 다독여가며 아픔을 이겨내며 우울을 버텨내 가는 나날을 보냈을 때 내 마음은 나도 모르게 그렇게 쉼 없는 눈물을 흘렸나 보다. 아픔을 이겨낸 줄 알았고 우울을 버텨낸 줄 알았지만 나를 다독여갔던 날은 아픔을 이겨냈던 날은 그렇게 모든 날을 힘들었지만, 행복이라는 네가 사랑이라는 네가 나에게 주는 대가 없는 선물로 인하여 난 그렇게 힘들었던 모든 날이 비로소 행복이 되고 선물이 됨을 알 수 있었다. 대가 없는 선물이 됨을. 그렇게 존재가 주는 의미는 삶을 살아가는 힘을 주는 사람이라는 걸 알게 해줬지.

"내가 쉼 없이 눈물을 흘렸던 나날을 보낸 후에
너는 나에게 대가 없이 선물이라는 시간을 건네주었다."

쉽게 잠이 오지 않던 그 밤 존재에 대해서 생각을 해봤던 그 날 가장 먼저 떠오른 것은 그대라는 것 그리고 그대의 존재 자체의 의미 그 모든 것이 행복이라는 걸 그리고 그대라는 존재와 많은 날을 함께 보내면서 알게 된 것은 행복이라는 나날이 모여 행복보다 더 큰 의미인 사랑이 된다는 걸. 존재라는 건 처음부터 존재하지는 않았던 것 같아. 마치 우리가 함께 보냈던 그 시간이 조금씩 모이고 모여서 기억이 되었고 그 기억들이 시간이 지나자 추억이 되듯이 우리가 함께 보낸 나날들이 존재의 의미가 되어주겠지.

시간을 거쳐 기억이 되고 시간을 지나 추억이 되듯이 어제의 하루가 오늘의 하루와 합쳐지고 오늘의 하루가 다가오는 내일을 만나 그렇게 존재는 만들어졌어. 우리는 운명적인 만남이 아니라 가장 일반적인 만남이 모여 만들어진 존재니까.

일반적인 만남이 모여 평범한 일상과 평범하지 않은 일상을 같이 보내면서 그렇게 서로에게 의미가 되어주었지. 그렇게 운명 따위 믿지 않았던 우리는 서로에게 필요한 존재가 되어주었고 삶이 되어버렸지. 우리가 만날 수 있었던 것은 운명이 아니야 그저 우리가 서로를 만나기 위해서 노력했던 지난날의 선물일 뿐이지. 운명 따위가 우리의 만남을 이뤄줄 순 없어.

"존재, 그대의 존재 자체의 의미 그 모든 것이 행복이겠지.
행복, 행복이라는 단어 그 이상의 의미를 가진 것이 사랑일 테고."

노력했던 지난날이 준 사랑이라는 선물.

평범한 나날들

—

집 밖을 나서자마자 맡는 공기에 내 몸과 마음은 빈틈없이 긴장하고 다시는 그 어떤 향기도 공기도 사람도 나에게 들어올 수 없을 정도로 나를 감추고 살다 보니까 결국 집 안에 있어도 나도 모르게 긴장을 하고 있고 편히 쉴 수 없었던 것 같아. 잠을 제대로 자봤던 게 손에 꼽을 정도로 적고 어떤 날은 열 손가락으로 셀 수 없을 정도로 많은 꿈을 꾸기도 하고 눈을 감았는데 내 머릿속에 수많은 생각이 가득 차서 눈을 다시 뜨기도 하고 또 어떤 날은 해가 뜰 때 잠에 들기도 하는 그런 평범하지 않았던 나날이 계속되었어.

하지만 그런 날마저도 이제는 나에게 더는 평범하지 않은 나날이 아니라 마치 내 평생의 친구처럼 되었고 그런 날마저도 이제는 평범한 나날이 되어버린 것 같아. 그리고 난 드디어 그 수많은 생각을 그리고 꿈들을 또 잠이 오지 않는 시간을 이제는 조금씩 내려놓고 즐길 수 있게 되더라. 때론 우울에 빠지고 좌절에 빠지고 몸과 마음이 힘든 시간을 보내고 아직도 집 안에서도 힘들고 물론 집 밖으로 나가면 더 힘든 나날이 계속되겠지만 그래도 우울이라는 친구와 함께 매번 좋은 일만 있을 수 있는 것도 아니고 매번 평범한 나날만 보낼 수 있는 건 아니니까. 그러니까 난 오늘도 내 평생의 친구와 함께 평범한 나날을 보내기 위해 살아볼 거야.

"숨 쉬는 공간마저도 압박감이 느껴질 정도의 긴장감. 이제는 그 긴장감마저도 마치 내 친구인 것 같은 느낌이야."

친구야 잘 부탁해.

혼자가 아닌 삶
—

삶을 살아가다가 살아가는 것을 가차 없이 포기하게 될 때쯤 나는 갑자기 삶이라는 것에 흥미를 느끼게 된다. 그리도 삶에 흥미가 없고 살아갈 의욕이 없어져 갈 때쯤 나는 그렇게 마음속 한 곳에 머물고 있던 마지막 희망을 맛본다. 그리고 인간관계도 그런 것 같아 내 삶에 인간관계 따위는 필요 없다고 가차 없이 내팽개쳐버릴 때 갑자기 인간관계가 필요한 일이 생기고 그때쯤에 나에게 남아있는 사람은 과연 몇 명이나 있을까. 결국, 삶도 인간관계도 내 인생에 있어서 필요하지 않다고 생각하며 모든 것을 포기하려고 하지만 삶도 인간관계도 필요할 때가 꼭 있는 것 같아. 삶이든 인간관계든 애써가며 지킬 필요는 없지만 그래도 내 인생의 쉼표에 같이 쉬어갈 사람도 내 인생의 막다른 길에 날 도와줄 사람도 내 인생의 갈림길에서 나와 같이 걸어갈 사람도 필요할 테니까. 내 인생은 내가 살아가는 게 맞지만 혼자 살아가는 것은 아닌 것 같아.

> "삶은 때로는 가차 없이 나를 팽개쳐 버리듯이
> 인간관계가 필요 없다고 팽개쳐 버릴 때
> 가장 인간관계가 필요한 일이 생기는 것 같아."

가끔 내가 살아가는 인생이기에 아무도 필요 없고 그 어떤 누구의 도움도 필요 없다는 생각을 하는 사람들이 더러 있더라. 그래, 내 인생은 내가 혼자 살아가는 것이 맞다. 누구도 대신 살아줄 수 없는 짧다면 짧고 길다면 길게 생각할 수 있는 인생이니까. 하지만 내 인생에 쉬어가야 할 시간이 다가온다면, 막다른 길에 도달했을 때가 온다면, 수많은 갈림길을 선택해야 하는 때가 온다면 그때도 혼자 쉬어가고 혼자 막다른 길 앞에서 서성거리고 혼자 수많은 갈림길 앞에서 가야 할 길을 선택하느라 소중한 시간을 혼자 보내고 소중한 추억을 혼자 보낼 것인가. 인생은 누가 대신 살아주지도 않고 딱 한 번뿐인 기회일 텐데 그 인생의 기억과 추억을 혼자서 보내려고 할 것인가. 가끔은 두 명보다 나은 혼자만의 시간도 필요하겠지만 이제는, 혼자보다 나은 두 명의 시간을 보낼 수 있기를 바라며.

"우리는 내 인생의 쉼표에 같이 쉬어갈 사람도
내 인생의 막다른 길에 날 도와줄 사람도
내 인생의 갈림길에서 같이 걸어갈 사람도 필요해."

요즘 부쩍 이런 생각이 많아지는 글을 적어가고 있는 것 같아 지금까지는 아무래도 나를 위해서 삶을 살았던 것보다 남에게 인정을 받기 위해서 가족들이 받았던 상처들을 잊게 해주기 위해서 또 가족들에게 인정을 받기 위해서 살았기 때문이 아닐까. 문득 어느 날 내가 온전히 나를 위해서 살아봤던 적이 있던가에 대해서 생각해보다가 "그래, 이제는 온전히 나를 위해서 살아보자 인생은 혼자니까."라는 생각도 하게 되더라. 하지만 "결국엔 생각은 돌고 돌아 혼자 살아가는 것은 아닌 것 같다."라는 결론을 내리게 됐어. 왜냐하면, 인생이 혼자라고 생각하다 보니 더 우울하고 더 힘들지 않을까 라는 생각을 하게 되더라. 내 인생은 내가 살아가는 게 맞지만 혼자 살아가는 것은 아닌 것 같아.

"내 인생은 내가 살아가는 게 맞지만 혼자 살아가는 것은 아닌 것 같아."

음, 오늘은 누가 보고 싶어지는 밤인가봐.
생각에 빠져 기억이 나고 추억에 젖는 밤인가봐.

음, 아무래도 누군가 보고 싶어지는 밤이야. 날 아껴주셨던 친할머니 일까
아니면 외할아버지 일까 그것도 아니면 사랑을 했던 다른 누군가 인가 아니면
그 누구보다도 소중했던 사람 인가. 생각에 빠져서 기억이 나고 그렇게 추억에
젖어가는 밤이야.
마치 지금 이 세상에 존재하는 모든 것들에 내 생각이 입혀지는 기분이야.
하늘에 있는 달과 별 그리고 구름에 담아져 있는 모든 추억들이 쏟아져 내려오
는 그런 날이야. 그래, 확실하게 누군가 보고 싶어지는 밤이야.

혼자가 아닌 외롭지 않게.

나를 위한 삶

—

나 자신이 내가 가진 것에 대해서 제대로 알지 못하고 제대로 다스릴 수도 없다면 먼저 나 자신을 알아가는 나날을 먼저 보내야 하는 게 우선이라고 생각해 그렇게 나를 알아가는 나날들을 보내다 보면 남을 위하는 일도 그리고 남이 말하고 싶은 이야기들도 더 잘 들어줄 수 있지 않을까. 생각과 행동이 일치하여 남에게 조금은 더 나은 생각에서 나온 말을 하고 조금은 더 나은 행동을 통해서 남을 위하는 일을 할 수 있기를 바라며.

"남보다 가장 먼저 알아야 할 것도 내 자신이며 남보다 가장 먼저 친해져야 할 것도 나 자신이야 그렇게 남보다 나를 위한 일부터 할 수 있게 된다면 남을 위한 일도 할 수 있겠지."

지나가지 않는 밤을 붙잡고 감기지 않는 눈꺼풀을 가까스로 감아보려고 했던 날. 잠은 오지 않고 생각만 많아질 뿐이야. 지금 나를 위한 일은 대체 무엇일까 아니, 과연 나를 위한 일은 이 세상에 존재할까 와 같은 의미 없는 생각들이 교차하고 거기에 또 다른 생각이 생겨나 내 머릿속에는 의문만이 가득할 뿐이야. 의문이 가득한 밤을 뜬눈으로 보내면 생각은 없어질까 했지만 밝은 아침이 되어도 생각은 가득할 뿐이야. 그럴 때마다 나는 습관적으로 하는 게 있어 아주 평범한 나날을 보내는 거야. 창문을 열어놓고 침대에 누워 이불을 덮고 환하게 들어오는 햇볕을 바라보며 있는 거야. 그리고 배가 고프면 밥을 먹거나 밖에 나가서 아무 생각 없이 걸어 다녀보는 거야. 아침에 일어나서 샤워할 필요가 없으면 내가 샤워를 하고 싶을 때 해보는 거야.

항상 했던 일을 아무 생각 없이 갑자기 내가 하고 싶은 마음이 들 때 해보는 거지 하고 싶은 마음이 들지 않으면 그냥 안 하는 거야. 이때까지 필요에 의해서 삶을 살아왔다면 오늘은 진짜 나를 위해서 살아보는 시간을 가지는 거야. 하루쯤은 그렇게 하다 보면 내가 원하는 걸 알게 되겠지 내가 바라는 게 무엇인지 알게 될 거야. 나에게 맞는 쉼표를 찾아가는 방법이 될 거야. 어떤 사람은 침대에 이불을 덮고 누워서 쉬거나 어떤 사람은 지금까지 보지 못했던 예능 프로그램이나 드라마 같은 것을 몰아서 보기도 하겠지.

나에게 맞는 삶의 쉼표를 찾아가는 방법을 배워나가고 알아가는 것은 가만히 있어서는 할 수가 없어 때론 삶의 쉼표를 얻기 위해서 포기해야 하는 것도 있을 거고 의도치 않은 일 때문에 삶의 쉼표를 얻을 수도 있을 거야. 우리는 그때 그 쉼표를 편한 마음으로 받아들이며 살아갈 수 있는 방법을 배우면 조금은 더 나를 위한 삶을 살아갈 수 있겠지.

그리고 뭔가를 얻게 될 때 다른 무엇인가를 포기해야하는 방법도 알 수 있을 거야. 그렇게 밝은 삶을 살아나가도록 하자. 오늘도.

"그렇게 내일이 오는 날 조금은 더 밝게 웃을 수 있기를 바라며."

어제의 잔잔한 바람이 구름을 불러오더니

오늘의 촉촉한 바람은 비를 내립니다

내일은 어떤 바람이 불어올지 궁금하네요

내일의 바람도 오늘처럼 비를 내린다면

넘쳐 흐르는 제 생각을 가져가 줬으면 합니다.

생각이 너무 많아 잠을 개운하게 자본적이 손에 꼽을 정도로 적습니다. 어떤 날은 잠을 너무 많이 자서 머리가 개운하다 못해 비어있는 것처럼 느껴질 때도 있습니다. 그래서 잠에 들기 전 오늘은 과연 어떨까 라는 생각 때문에 잠을 더 못 자는 날도 많아지고 있네요. 그럴때마다 저는 그냥 열심히 글을 적습니다.

생각이 꽉 찬 날도 생각이 비어버린 날도 하루도 빠짐없이 글을 적습니다. 마치 이때껏 하지 못 했던 말과 감정을 쏟아내듯이 적어 내립니다. 호기심에 움직이는 제 마음을 한 번에 몰아서 써버리는 제 생각을 주체할 수 없을 정도로 힘들었지만 그래도 이제는 좀 괜찮네요.

누가 봤을 때 너무 힘들게 귀찮게 신기하게 살아가는 것 같지만 저는 이렇게 사는 나날이 모두 평범하게 느껴질만큼 자유롭습니다. 저도 제 자신이 신기하고 힘이 들지만 그것 마저도 재미있네요. 오늘도 전 넘쳐나는 생각을 말하지 못해 글로 적어 내립니다.

우리 함께 걷자.

지금을 살아가요

—

저 하늘에서도 바람이 불 듯이 내 마음에서도 바람이 불어요 이제 곧 나답게 살 수 있겠죠.

오늘은 날씨가 참 좋아요 제 마음도 오늘의 날씨처럼 이렇게 맑았으면 합니다. 하지만 제 마음이 예전처럼 또 처음의 그 마음처럼 좋아지려면 아직은 조금 더 인생의 쉼표를 보내야 할 것 같아요. 천천히 걸어가고 또 쉬어가면서 살아가려고 해요 참 힘들고 두렵고 어렵겠죠 그래도 살아가야 합니다. 주변을 둘러보지도 못 했고 또 제 자신을 돌아보지도 못 했습니다 그저 매일 앞만 보고 달려갔죠 그래서 이렇게 아픈 것 같네요. 그래도 지금은 쉬어갈 수 있어서 참 좋아요.

앞으로 조금은 더 쉬어가면서 천천히 또 자유롭게 살아가보려고 합니다. 이렇게 살아가다 보면 점점 더 나답게 살아갈 수 있겠죠 지금 하늘에서 바람이 불듯이 제 마음에서도 바람이 불어올 거라고 믿습니다. 아주 천천히 앞으로 걸어가려고 해요 너무 빨리 달려와서 제 안에 너무 많은 아픔과 두려움 슬픔이 존재하고 있네요. 조금씩 걸어가다 보면 제 안에 있는 모든 것들을 밖으로 천천히 뿜어내고 비어있는 그 자리를 아주 환한 빛이 채워줄 거라고 믿습니다.

진정한 믿음과 사랑을 배워가고 알아가며 살아가도록 하겠습니다. 저는 지금을 살아가며 내일을 바라보도록 할게요 행복하길 바라요.

행복하길 바라요.

96

변함없는 믿음으로

—

이제는 지금만 보면서 살아가려고 해요 진정한 사랑과 믿음으로 다신 돌아오지 않을 오늘을 위해서.

항상 변함없이 잠이 오지 않아 약을 먹고 잠을 자보려고 해요 하지만 잠은 쉽게 오지 않죠. 깊은 잠은 아니지만 결국엔 잠을 자기는 해요 그리고 평소와 똑같은 아침을 만나게 되죠. 항상 한 번씩은 성경을 펼쳐 말씀을 보는데 오늘은 문득 일어나자마자 보고 싶어 아직 잠이 깨지 않은 상태에서 말씀을 봤어요. 천천히 또 신중하게 보다가 떠오르는 생각에 마음이 조금은 편해지고 지금 제가 해야 할 일이 생각이 났습니다.

쉽지 않은 길이고 시간도 많이 걸리겠지만 확실한 믿음을 가지고 있어요. 그래서 저는 차근차근 하나씩 해보려고 해요 급하게 할 필요도 없고 또 급하게 하려다가 몸과 마음에 또 다른 아픔과 상처가 생길까 봐 두려워요. 항상 자책하고 좌절하는 지금을 보내고 있어요 미래에 대한 걱정이나 또 오늘에 대한 답답함에 하루를 살아가는 것도 힘이 들긴 하죠. 하지만 지금부터는 과거도 미래도 신경 쓰지 않으려고 해요.

저에게 중요한 것은 당장 앞에 있는 일 결국 지금이 중요한 거예요. 후회한 일도 과거의 많은 실패나 성공도 다 지나간 일이고 제가 지금 하는 일이 나중에 어떻게 될지 그리고 미래의 일이 나중에 어떻게 진행될지는 미리 걱정하지 않으려고 합니다. 하루에도 몇 번씩 마음이 바뀌기는 해요 우울하기도 하고 갑자기 뭔가 다 할 수 있을 것 같기도 하고 그렇지만 결국 중요한 것은 그런 게 아니라 지금 제가 살아가는 게 가장 중요한 것 같네요.

　다른 것은 신경 쓰지 않으려고 해요 지금 눈앞에 있는 일 그리고 제 자신이 할 수 있는 일 제 주변 사람들을 사랑하는 것과 변함없는 믿음으로 살아갈게요.

지금을 행복하게.

찬란하게

—

아, 사랑이 드디어 천천히 피어오르는구나.
그렇게 견디고 견뎌서 찬란하게

아, 사랑이 피어오르는구나. 이렇게도 찬란하게 마치 저 하늘의 빛을 받아
비로소 꽃이 되는구나. 그렇게 하루하루를 견디고 또 견뎌내더니 드디어 네가
사랑으로 피어오르는구나. 음, 그렇게 빛을 뿜어내느라 점점 빛이 사라지더니
결국엔 무너지는 줄 알았는데 이렇게 견디고 견뎌서 드디어 찬란하게 피어오
르는구나. 아, 사랑이 드디어 천천히 피어오르는구나. 찬란하게.

피어오르는구나.

이게 바로 나인걸

—

그래, 정말 난 무서워 그리고 너무 두려워 이렇게 살아온 것 자체가 기적이고 또 힘든 나날이었어. 사람들이 나를 보곤 왜 그렇게 모든 일에 열심히 하고 모든 일에 신경 쓰고 하나하나 다 계획하면서 사는 것인지 물어보는데 내가 두려워서 그래. 내가 미리 대비하지 않고 준비하지 않은 일이 생길까봐 너무 두려워 그래서 하나부터 열까지 모든 걸 다 생각해. 두려움이 조금이라도 사라질 때까지 말이야. 두려움이 없어지지는 않아 조금 나아질 뿐이지. 내가 정말 피곤하게 사는 것처럼 보일 거야. 그래, 나 되게 피곤하게 살아가고 있고 매일 매일이 피곤해 그게 내 삶이야.

그런데 이렇게 모든 일이 무섭고 두렵고 긴장되고 불안한 우울의 결정체인 나는 이렇게 사는 것이 편하고 좋아. 나를 인정하고 알아가면서 사는 지금이 제일 좋아 예전에는 이런 부분을 숨기려고 하다 보니 다른 사람들에게 피해를 줬지만 이제는 아니야. 예전의 나는 나와 다른 사람들에게 그건 틀렸다고 말했지만 지금은 아니야 틀린 것이 아니라 다른 것일 뿐 난 나대로 살아가는 것이 내 인생이고 다른 사람은 그 사람 그대로 살아가는 것이 그 사람의 인생이니까. 난 아직도 너무 무섭고 두려워 하지만 난 지금을 살아가는 중이야. 웃으면서.

정말 나답게 살아갈 거야.

오래된 것들의 향기

—

  때론 오래된 것들의 향기에 위로를 받을 때도 있다.

  항상 걸어가던 길을 무심코 바라보면 느껴지는 향기가 있다. 그리고 그 안에 배어있는 이름 모를 추억들도 묻혀있다. 매번 아무 생각 없이 지나가던 길인데 그 안에는 나만의 추억이나 친구들과의 추억 가족들과의 추억이 그리고 사랑의 향기가 있다. 우리는 그렇게 이름 모를 것들의 추억에 그리고 뜻 모를 향기에 위로를 받는다. 가끔은 어렸을 때의 기억들이 또 행복했던 지난날의 기억들이 떠오를 때도 있지만 말이다. 그렇게 새로운 것들에게 지쳐 있을 때 우리는 오래된 것들에게 위로를 받는다. 하지만 과거에 빠져있다 보면 지금을 살아가는데 방해가 될 수도 있다. 과거는 버팀목이나 길잡이가 되어 줄 순 있지만 지금의 행복을 줄 순 없다.

  오래된 것들의 향기에 위로를 받는다.

우리의 지금은

—

　그래. 이미 지나간 과거는 다시 되돌릴 수 없다는 걸 이미 알고는 있지만 그래도 계속 생각이 날 뿐이야. 내가 잘못한 것도 다른 사람이 잘못한 것도 아니고 내가 기회를 제대로 잡지 못했을 뿐이거나 아니면 그게 내 길이 아니었던 거지. 과거의 일들이 가끔이 아니라 자주 생각이 나곤 해 과거는 흘러갔고 어쩔 수 없는 것은 알고는 있지만 우리는 나약하고 유약한 사람이란 말이야. 완벽하지도 않고 완전하지도 않은 것이 바로 사람인데 부족한 걸 알면서도 우리는 계속해서 자책하고 죄책감을 가지면서 살아가곤 해. 우리는 이제 흘러간 과거의 일을 더이상 생각하지 않는 것을 연습해야 해. 과거에 계속 머물다 보면 현재를 제대로 살아가지도 못 할테고 지금을 즐기는 방법도 모를 테니까. 우리의 과거는 지나갔으니 현재를 살아가며 지금을 즐기는 것이 오늘 해야 할 일이야. 우리 이제 자책하지 말고 죄책감에 빠져서 허우적대지 말자. 우리의 지금은 이제 시작이니까.

이제 시작이니까.

사랑으로

—

아, 이렇게나 사랑스러운 사람이 있을까. 마치 이 세상의 좋은 향기를 다 가지고 있을 것 같고 저 하늘의 푸른빛을 그대로 받아서 피어오르는 꽃처럼 사랑스러운 사람이구나. 사랑으로 가득 차 있는 사람이구나. 소나무처럼 한결같은 마음을 가지고 있으면서도 꽃처럼 향기로운 마음을 가지고 있기도 하고 그렇게 천천히 또 잔잔한 사랑의 감정을 전달해주는 사람이구나. 이리도 한결 같은 마음과 향기로운 마음이 만나 잔잔한 사랑을 전해주는 구나. 넌 이미 사랑으로 가득 차 있는 사람이고 그 사랑이 너무 많아 흘러 넘쳐서 주변 사람들에게 까지 전달이 되는구나. 널 사랑이 아니면 달리 뭐라고 부를까. 사랑이라는 말 이외에는 너라는 존재를 담을 만한 크기의 감정이 없구나. 넌 그저 사랑이 아니라 사랑일 수밖에 없는 사람이구나.

사랑으로 가득 차 있는 사람이구나.

오늘의 향기는
—

아. 오늘의 향기는 지금껏 모아진 내 감정이 뿜어내는 것 같구나.

내 감정이 메말라 있을 것 같다고 생각했다. 하지만 내 감정은 그 누구보다도 예민하고 또 가득 차 있었으며 그것을 밖으로 내보내지 못 해서 슬피 울고 있더라. 그렇게 많은 향기를 가지고 있는데도 이 마음의 주인은 이 감정을 모은 주인은 그것을 알려고 하지도 않고 매번 밖에서 행복을 찾았다는 것이다. 그렇게 마음도 감정도 메말라 있던 것이 아니었고 난 눈물을 흘리지 못 했던 것이 아니라 눈물을 흘리는 방법을 제대로 알지 못 한 것이고 눈물이 없는 게 아니라 감당할 수 없을 정도로 너무 많다는 것이다. 하지만 마음도 감정도 눈물도 밖으로 표출이 되어야 할 때 제대로 뿜어내지 못 한다면 결국엔 감춰져 버리는 것이다. 아마 스스로 감추는 것을 택하는 것인지도 모른다. 이 모든 것을 가지고 있는 주인이 비로소 자기 자신을 돌아보는 날이 온다면 그제야 자기의 존재를 마음껏 뿜어 내려고 하는 것처럼. 아, 오늘의 향기는 참으로 많은 감정이 느껴지는구나.

그 무엇보다 많은 감정이 느껴진다.

당신의 행복을

—

우리 아직 늦었다고 생각하지 말아요. 행복은 내 안에 많이 있는데 그걸 모르고 살아왔잖아요. 내 마음의 그릇에는 많은 행복이 담겨져 있고 우린 잘 모르겠지만 각자의 주변에는 행복이 될 만한 일들과 행복을 줄 만한 사람들이 많이 있을 거예요. 아직, 늦은 게 아니에요 당신은 충분히 행복한 인생을 보내야 하는 사람이에요. 지금까지 당신이 행복을 모르고 살아왔다면 그리고 행복은 없다고 생각하며 살아왔다면 지금 바로 내 마음속에 있는 내 눈 앞에 있는 행복을 바라보며 알아가며 살아가길 바랄게요. 당신의 행복을 응원합니다. 아직, 늦지 않은 행복을 천천히 받아 가시길 바랄게요. 행복하세요.

당신의 행복을 받아 가시길 바라요.

행복한 계절

—

환하게 빛이 나고 눈을 감았다 뜨는 것조차도 아까울 정도의 계절이 지나면 그것보다도 더 환한 계절이 올 거예요. 계절은 잠깐 왔다 가지만 마음 속 한 곳에 깊숙하게 머물고 있어요. 아쉬워하는 마음은 생길 수밖에 없어요 우리는 사람이니까요. 하지만 그 아쉬움이 무색 할 만큼 더 환하게 빛이 나는 계절이 다가올 거예요. 마음껏 행복하세요. 실망하는 마음이 오지 않을 수는 없지만 금방 보내버릴 수 있는 더 좋은 계절이 올 거예요. 마음껏 아쉬워하세요. 당신이 좋아하는 그 계절은 금방 다시 올 거예요. 그 실망스럽고 아쉬운 마음이 순식간에 사라질 만큼 행복한 계절은 돌아온답니다. 마음껏 행복하세요.

행복한 계절은 돌아온답니다.

아주 작은 희망

—

우리 때때로 침울하고 기운이 없는 날이 찾아온다면 지금까지 하고 싶었지만 못 했던 일을 한 번 해보는 건 어떨까. 아, 너무 많은 시간과 돈이 들어가는 일 말고 또 너무 힘이 드는 일 말고 조금은 쉽고 마음 편하게 할 수 있는 것 말이야. 우리가 가지고 있는 아주 조금의 상상력을 펼쳐낼 수 있는 그런 것 말이야. 나는 지금 글을 쓰고 있어 때로는 누군가에게 희망이 될 수도 있고 또 위로가 될 수도 있겠지. 길을 걸어가다가 잠깐 멈춰서 사진을 찍어도 좋아 아니면 잠깐 카페에 앉아서 내가 오늘 본 풍경을 내 마음대로 그려보는 건 어떨까. 그렇게 많은 시간과 돈이 드는 일이 아니라 지금까지 했던 일보다 쉬운 일을 한 번 해보자. 그렇게 하다보면 뭔가 새로운 일이 생기지 않을까. 아주 조금의 상상력을 써서 한 일이 아주 크고 힘이 넘치는 일이 될 수도 있지. 내 미래의 직업이나 꿈이 될 수도 있어. 아주 작은 희망이 때로는 행복이 될 거야.

희망은 아주 작은 것에서부터 시작해요.

제4장
그리고 우리

자기가 하고 싶은 말만 하는 사람들은
자기가 듣고 싶은 말만 듣기를 원한다.

남이 하는 말은 듣지도 않고 자기의 생각만 말하는 사람들은 나중에 말하다보면 본인이 원하는 결론이 정해져 있다. 결국 이미 마음속에서 "난 이렇게 할 거야"라는 결론을 내려놓고 상대방과 이야기를 하는 것이 아니겠는가. 그런 사람들에게 나의 의견을 말하고 열심히 설명한다고 하더라도 결국엔 내 입만 아프고 머리만 아픈 걸로 끝나겠지. 그리고 그 사람은 본인이 원하는 답변이 나올 때까지 구겨진 표정으로 있다가 본인이 원하는 답변이 나온다면 구겨진 표정도 갑자기 환해지겠지. 결국 그런 사람은 그렇게 살게 놔두는 게 가장 현명한 방법일거야. 어차피 후회는 내가 아니라 그 사람이 할 테니까.

서로 다른 사람들

—

　사람들은 각자 살아온 경험과 과정이 다르기 때문에 누군가에게는 돈이 행복이 되기도 하고 누군가에게는 사랑이 행복이 되기도 하며 또 누군가에게는 사소한 것 하나가 행복이 되기도 한다. 그렇게 사람들은 서로 다르게 살아왔고 또 다른 생각을 하며 오늘도 살아가고 있다. 어떻게 보면 받는 것에 익숙한 사람들은 주는 것에 대한 방법을 배우지 못했고 누군가에게 뭔가를 줌으로써 받는 행복을 느껴보지 못하지 않았을까. 또한, 주는 것에 익숙한 사람들은 받는 것에 대한 행복을 모르고 받는 것에 대한 방법을 모르지 않을까 생각한다. 어떻게 보면 사람들은 자기의 방식대로 남들에게 뭔가를 받고 뭔가를 주고 있는 게 아닐까. 물론 어떤 일에든 예외는 있지만.

　나는 받는 것에 익숙하지 않았고 또 받는 방법을 제대로 알지는 못했지만 그래도 주는 것에 익숙했고 주는 방법을 알고 있었지. 뭔가를 줌으로써 알 수 있는 그 행복감이란 평생 잊을 수 없는 행복 중 하나니까 말이야. 처음 누군가에게 선물이라는 걸 전해줬을 때 난 그 사람의 얼굴에 띤 미소를 보았어. 그런 미소 있잖아 어떤 단어로도 표현할 수 없고 그 무엇으로도 설명할 수 없는 그런 미소 말이야 근데 매번 주기만 하니까 내가 선물을 줄 때는 과연 어떤 얼굴을 하고 있는지는 몰랐어. 매번 남한테 주기만 하는데 어떻게 알 수가 있을까. 내가 선물을 주는 사람 얼굴에 거울이 달린 것도 아니고 말이야 그리고 난 매번 주는 삶을 살면서 하나 알게 된 것이 있는데 선물이나 택배 상자는 언제라도 받으면 기분이 좋은 줄 알았는데 그게 아니더라고 그 날의 기분에 따라서 또 택배 상자를 전달해주는 사람에 따라서 좋지 않기도 하더라.

그게 그렇잖아 선물을 줬는데도 별로 기뻐하지도 않고 오히려 귀찮다는 듯이 넘겨버리는 그런 사람들 말이야. 난 성심성의껏 준비해서 가져갔는데 받고 나서는 나중에 아무 일도 없었다는 듯이 그냥 받고만 마는 그런 사람들 선물을 전해주는 사람은 이 사람한테 뭐가 필요할지 고민에 고민을 거듭했을 수도 있는데 받는 것에만 익숙해서 그랬던 걸까 주는 사람의 기분은 이해해주지는 못하고 그저 그 받는 기분에 빠져서 그랬던 걸까. 주는 것도 받는 것도 다 잘하는 사람이 되지는 못하는 건가 하긴 완벽한 사람은 없으니까. 그래도 주는 사람은 줄 때와 주지 말아야 할 때를 조금이라도 구분할 줄 알고 받는 사람은 주는 사람의 기분이나 선물을 받고 난 후 어떻게 해야 하는지를 알 수 있기를 바라. 완벽해질 수는 없지만 그래도 노력은 해봐야지.

사람들은 서로 같지 않고 다르다. 그래서 서로 조금씩 맞춰가면서 사는 것이고 마찰이 생기면 다툼을 겪고 난 후에 대화를 통해서 서로 다름을 인정하고 서로의 생각에 과정에 경험에 환경에 맞춰가며 살아가는 것일 뿐 심지어 가족들조차도 같이 살아가면서 서로 다름을 알아가고 깨달음을 통해서 인정하고 보듬어주며 또 각자의 인생을 받아주면서 살아가고 있는데 가족도 아닌 남을 받아들이고 이해하면서 사는 것이 얼마나 힘든지 본인들도 알면서 남에게 나를 이해해달라고 인정해달라고 강요하는 것은 아니라고 생각한다.

서로가 다름을 인정하고 혹은 같은 부분이 있다는 걸 알아가고 배워가는 게 또 하나의 과정일 테니까. 삶을 잘 살아가는 것은 남의 잘못이나 아픔을 들춰내는 게 먼저가 아니라 내가 하는 잘못이나 내가 가진 아픔을 먼저 알아가야 하지 않을까 생각한다. 그리고 서로 이해하고 알아가고 인정해주는 게 바로 서로의 인생을 공유하는 시작점이 아닐까.

"사람마다 살아온 환경도 다르고 사람마다 느끼는 감정도 다르고
사람마다 거쳐 온 과정도 다른데 왜 자꾸 같다고 생각하는 걸까."

상처를 주는 사람도 상처를 입는 사람도 정해져 있는 것이 아니다. 그저 상처는 이 세상에 널리 퍼져있고 그 상처들이 사람들에게 조금씩 흘러들어가고 또 점점 퍼져 나가며 그렇게 상처는 향기가 되고 또 상처는 말이 되어 내가 아닌 다른 사람에게 흘러 들어간다. 그 어떤 사람도 자기 자신이 남에게 상처를 주는 사람이 되리라는 것도 그리고 상처를 입는 사람이 되리라는 것도 알지 못한다. 그저 세상을 살아가며 만난 상처들이 점점 흘러 들어와 말이 되고 행동이 되고 향기가 되어 다시 흘러나갈 뿐이지. 그저 나는 어떤 사람인지 그걸 알고 있는지 모르고 있는지 그게 중요하지 않을까.

"상처를 주는 사람들도 정해져 있는 게 아니고
상처를 입는 사람들도 정해져 있는 게 아니다.
그저, 상처는 사라지지 않고 존재할 뿐."

오늘 해야 할 일을 내일 할 수도 있겠지 하지만 그 일이 지금 당장 해야 하는 일인데도 불구하고 하루쯤은 괜찮겠지 라는 무책임한 생각으로 넘겨버린다면 과연 그 행동으로 인한 피해는 자신에게만 올 것인가 아니면 주변 사람들에게도 갈 것인가 그것을 먼저 생각하고 행동해야 하는 것이 아닐까. 그래, 그저

나 자신에게만 피해가 오는 것이라면 하루 이틀 정도야 괜찮겠지만 주변 사람들에게도 피해가 간다면 그건 내일도 내일모레도 아닌 지금 당장 해야 할 테니까. 지금 내가 네가 우리가 생각하는 그 하루 이틀 정도는 괜찮겠지 라는 생각을 제발 혼자 하지 말고 네 주변 사람들과 같이해주길 바란다. 내 인생은 나 혼자 살지만 남의 인생을 망치는 권리는 나에겐 없으니까.

"내가 귀찮다고 해야 할 일을 미루고 넘겨버리면
나도 내 주변 사람들도 결국엔 힘들어지겠지."

그러니 오늘은 조금은 더 남을 생각하길 바라며.

순수함이 만들어내는 빛

—

세상에 순수함이라고는 찾아볼 수 없을 거라고 생각했지만 결국 깊고 짙은 그림자에 둘러 쌓여가는 세상 속에 남아있는 한 줄기의 빛은 그렇게 혼자서 밝게 빛이 나더라. 순수함이 만들어 내는 빛은 오늘도 스스로 행복이라는 단어를 만들어 내었고 그렇게 행복이라는 향기를 세상에 흩뿌려 내었다. 순수함은 그렇게 막연한 믿음을 통해서 나왔고 확실한 믿음으로 변해가며 그렇게 빛이 되었고 행복이 되었다.

"세상이 짙고 깊은 그림자에 뒤덮여

빛 한줄기조차도 보이지 않을 거라

그렇게 생각했지만 세상에 순수함이

만들어 내는 빛은 오늘도 행복을 전해준다."

그저 나이를 먹어간다는 건 남들보다 하루 이틀을 더 살아왔다는 걸로 끝나는 게 아니다. 그저 이 험난한 세상 속에서 아직도 순수함을 가지고 있는 아이들에게 조금은 더 관심을 줘야 한다는 것 그리고 그 관심이라는 게 그 아이들의 모든 것을 신경 쓰고 개입하는 것이 아니라. 그저 아이들의 순수함에 개입하지 않고 다독여주며 지켜봐 주며 일깨워주며 그 순수함이 다치지 않도록 하는 게 나이를 먹어가는 사람들이 해야 하는 일이 아닐까 생각한다. 순수함을 다친 아이들이나 순수함을 다치지 않은 아이들 모두를 살리는 일 그건 바로 모나지 않은 관심과 너무 깊게 개입하지 않는 무관심이 필요하다고 생각한다. 결국, 너무 잘해주는 것도 또 너무 방치하는 것도 좋지 않을 테니까 아이들이 할 수 있는 것을 온전히 할 수 있게 도와주는 것 그게 바로 세상을 먼저 살아 본 우리가 해줄 수 있는 가장 큰 도움일 테니까. 그러니 사람들아 부디 순수함이 만들어 내는 빛을 막아내지도 바꾸려고 들지도 말기를 바란다. 우리에게 아이들의 행복을 막을 권리는 없으니까.

"아이들의 순수함에 개입하지 않고
다독여주며 일깨워주며 지켜봐 주며
다치지 않게 하는 게 나이를 먹어가는
사람들이 해야 하는 일이 아닐까."

순수함이란 가장 큰 행복 중 하나야.

저마다의 빛
저마다의 향기

—

빛은 그렇게도 유난히 빛났고 그리도 많은 사람에게 환하게 퍼져 흘러나갔다. 사람들에게는 저마다의 빛이 담겨 있고 그 안에는 각자가 가진 향기가 담겨 있어 오늘도 사람들이 다닌 길에 사람들이 머문 공간에 향기는 흘러 들어간다. 각자의 향기는 그리고 각자의 빛은 오늘도 그렇게 환하게 빛났고 은은하게 퍼져 나갔다. 그렇게 빛도 향기도 행복이 되어 흘러 나갔다.

"사람에겐 저마다의 빛이 담겨져 있다
그 빛에는 각자가 가진 향기가 담겨져 있고
오늘도 사람들은 각자의 빛으로
각자의 향기로 사람들에게 흘러간다."

사람들은 저마다의 향기를 마음속에 품고 살고 있지 그래서 그 향기는 때로는 깊고 짙은 내음을 뿜어내며 사람들의 마음속 깊이 들어가기도 하고 혹은 가볍고 환한 내음을 뿜어내며 사람들의 마음을 간지럽게 하기도 해. 사람들이 뿜어내는 향기가 모든 사람에게 다 좋은 내음을 뿜어내는 게 아니고 또 그 향기를 받아내는 사람들이 모두 행복해지는 것도 아니야. 그렇게 행복이 될 수도 위로가 될 수도 있지만 아픔이 될 수도 있다는 걸 알아줬으면 해.

"사람들이 가지고 있는 저마다의 향기는
주변 사람들에게 행복을 줄 수도
주변 사람들에게 위로를 줄 수도
아니면 아픔을 줄 수도 있다."

　　내가 세상에 뿌려댄 모든 말들이 모든 사람에게 행복이 될 수도 없고 위로가 될 수 있는 것도 아니다. 그리고 내가 지금 하는 행동이나 지금 세상에 내뱉는 말들도 모든 사람에게 행복이 될 수도 위로가 될 수도 없다. 그저 한 사람이라도 행복해지고 위로를 받는다면 그리고 그 한 사람을 통해서 또 다른 한 사람이 행복해지고 위로를 받는다면 그게 나에게는 진정한 행복이 위로가 될 테니까.

"내가 세상에 뿌려댔던 말들이
모든 사람에게 행복을 줄 수는 없다.
내가 세상에 지금도 흩뿌리는 말들이
모든 사람에게 위로가 될 수는 없다."

한 명이라도 행복해질 수 있다면 좋겠어.

소소함이 주는 행복

—

계획되지 않은 그런 소소한 행복, 계획조차도 마치 없던 일로 만들어 버리고 계획조차도 따로 마련하지 않아도 되는 그런 일상의 소소함이 주는 행복 그런 평범한 나날이 주는 행복 그리고 그 속에 묻어있는 위로, 뭔가 대단한 게 아니라 가장 평범한 나날에서 다가오는 그런 소소함이 묻어 나온 행복 그게 바로 나에겐 무엇보다도 진한 위로가 되겠지. 행복의 향기라는 건 그 무엇보다도 평범하고 순수함이 묻어나온 향기가 아닐까. 거창한 것도 아니고 특별한 것도 아닌 그런 행복의 향기 같아 나에게 너에게 그렇게 대가 없이 전해줄 수 있는 그런 행복의 향기는 그 어떤 것에서도 만들 수 없고 그 어디에서도 찾을 순 없지만, 너와 내가 함께 있음으로 온 세상에 천천히 흘러나갈 거야.

"그저 네가 나에게 전해주는 행복이라는 향기에 빠졌을 뿐이야."

편하게 쉬지 못했던 날들 평범하지 못했던 날들 하지만 우리는 다들 평범하지 못한 삶을 살고 있다는 걸 모두 알고는 있지만 편하게 쉬지 못하고 평범하게 살지는 못하고 있어 세상은 우리가 생각했던 것보다 더 어려웠고 더 힘들었고 평범하게 살 수는 없었다는 걸 그래서 하루가 지날수록 평범하고 쉬운 게 더 좋아지고 있어 평범하고 쉬운 그런 소소함이 주는 행복을 말이야. 그게 바로 우리에겐 무엇보다도 진한 위로가 되겠지.

"평범한 나날에서 다가오는 그런 소소함이 주는 행복.
그게 바로 나에겐 무엇보다도 진한 위로가 되겠지."

친구야 난 요즘에 가만히 있으면 움직이고 싶고 움직이고 있으면 가만히 있고 싶은 기분을 자주 느끼고 있어. 혼자 있어도 외롭고 같이 있어도 외로운 이 기분 너도 알고 있지? 너도 느껴본 적이 있을 거야. 이런 기분이 들면 난 그냥 가만히 앉아서 글을 적고 있는 중이야. 글을 적다 보면 마치 이 세상에 나 혼자만 있는 느낌이 들고 조금씩 천천히 생각이 정리되는 기분이거든 글을 적지 않고 있으면 마치 저 멀리서 빛무리가 내 마음속에 들어와 내 머리부터 발끝까지 돌아다니며 나를 괴롭히는 기분이 들어.

너는 어때? 너도 나와 같이 이런 비슷한 느낌을 겪은 적이 있니. 친구야 그런 기분이 든다면 너도 생각을 정리하는 시간이 필요하겠구나. 나와 같이 글을 써보거나 아니면 음악을 듣거나 길거리를 걸어 다니는 것부터 시작하는 게 어떨까. 친구야 뭔가 하는 게 너무나 힘들다면 멍 때리는 것도 괜찮을 것 같아 아니면 네 옆에 있는 책을 들고 가만히 앉아서 독서를 해보는 건 어떨까? 물론 처음에는 정말 힘들 거야.

그건 당연한 일이야 네가 해보지 않은 일인데 어떻게 처음부터 잘 할 수가 있을까? 무슨 일이든지 해보지 않으면 두렵고 무섭고 불안하고 시도하는 것조차도 힘들 거야 그래, 사람은 무엇이든지 다 잘 할 수는 없어 나도 그래 누구나 다 하기 힘들고 할 수 없고 못 하는 일도 있는 완벽하지 않은 사람들이니까. 너만 못 하는 게 아니고 나도 못 하는 게 많은 사람이야. 그러니 너를 자책하지도 너를 몰아세우지도 말기를 바라. 대신 조금씩 도전해보며 앞으로 걸어 나가는 거야 네가 해보지 않았던 일들을 하루에 한 시간씩이라도 아니, 삼십 분이어도 괜찮아 그보다 더 적어도 괜찮을 거야. 왜냐하면, 넌 충분히 할 수 있을 테니까. 너는 너 자신의 가능성을 믿기를 바라.

"소소함이 주는 행복을 너도 한 번 느껴보길 바라."

우린 행복할 수 있어요.

사랑도 추억도 이별도
—

처음 봤을 때부터 서로가 서로에게 느꼈던 감정은 나에게 맞지 않는 사람인 것 같거나 혹은 나와 너무나도 비슷해서 같은 공간에 있을 만한 사람이 아닌 것 같았지만 우린 그저 그렇게 하루를 보냈고 아무것도 없는 나날들을 보냈지만 그렇게 의미 없는 추억들이 모여서 새로운 감정을 만들어 내었고 그렇게 사랑이 없던 어제가 추억이 되므로 사랑이 가득한 오늘이 비로소 우리가 되었다. 그렇게 추억은 완성이 되었고 마침표를 찍으며 사랑이 시작하게 됨을 이제야 알게 되는 지금.

"다신 오지 않을 것만 같았던 어제가 다신 돌아오지 않을 그 추억이

사랑이 되어서 다시 돌아오는 날."

흩어져가는 나날들에서 맡을 수 있는 하루가 뿜어내는 그 향기를 온전히 받아들일 수 있을지는 모르겠지만 그래도 아픔이라는 향기보다는 행복이라는 향기를 온전히 맡아내어 어제보다 오늘은 조금 더 행복할 수 있기를 바라며 보낸다. 그렇게 세상에 수많은 향기가 퍼져 나갈 때 이왕이면 우리는 행복의 향기를 남들보다 조금은 더 뿜어내는 사람이 되기를 바라며 보낸다.

"하루의 시작에서 아픔이라는 향기를 맡았지만
하루의 끝에서는 행복의 향기를 맡을 수 있기를
그렇게 우리는 오늘도 살아있음을 알아가는 하루가 되기를
간절히 바라는 마음으로 보낸다."

사랑할 때는 사랑을 하는 사람과 내가 가진 시간을 같이 공유하고 취미를 공유하고 행복부터 슬픔까지 수많은 감정을 같이 공유한다. 그렇게 수많은 나날을 함께 보내는 과정에서 사랑이라는 감정이 천천히 싹이 트이는 사람이 있는 반면에 처음부터 싹이 트이는 사람도 있기 마련이다. 그렇게 사랑이라는 감정도 피어오르는 시기가 다른데 과연 사람들은 어떻게 그런 감정을 오래 유지할 수 있을까. 그건 바로 이 사랑이라는 감정을 온전히 받아내고 사랑을 하는 사람에게 집중하는 사람이 있기 때문이다.

그 사람들은 후회 없는 사랑을 하기 위해서 사랑이라는 감정에 또 사랑을 공유하고 있는 존재에 집중하고 있다. 그렇게 그들은 후회 없는 사랑을 끊임없이 행복이라는 향기를 뿌리고 다닐 사랑을 한다. 그렇게 이별마저도 후회 없이 뜨겁게 인사를 하면서 보내줄 만큼 사랑이라는 감정에 사랑하는 사람에 집중하며 오늘도 행복의 향기를 뿌려댄다.

"남들이 사랑하는 방법을 찾을 때
나는 온전히 사랑하는 사람에게 집중했고
남들이 이별을 이겨내는 방법을 찾을 때
나는 이별하는 사람에게 인사를 건네었다
그렇게 사랑도 이별도 참 행복했다."

보고 싶어도 보지 못하는 생각의 밤이 지나고

볼 수 있을 것 같지만 눈에 아른거리는 추억의 아침이 온다.

아, 그래요 참 보고 싶네요. 그대 지금은 어디에 있나요. 오늘 밤에는 그대 생각이 하늘의 별처럼 환하게 빛나는데 볼 수가 없네요. 오늘 밤은 구름도 내가 하는 그대의 생각을 가릴 수 없는지 환하게 비추기만 하는데 그대는 없네요. 눈을 몇 번이나 감고 떠 보니 밤 하늘에 보인 별들보다 더 환한 아침 하늘이 내 눈에 보이네요. 오늘은 마치 볼 수 있을 것 같지만 눈에 아른아른하는 게 지나간 추억들이 생각이 나네요. 그렇게 만나고 싶었던 추억의 아침이 이제서야 찾아 왔어요 오늘은 어제보다 더 행복할 것 같아요. 보고 싶어도 볼 수 있을 것 같아도 보지 못 하는 눈에 아른아른하는 그 날의 추억처럼 행복할 것 같아요.

지금을 소중하게 생각하며 보내라.

어제와 다른 시간들

—

감긴 눈을 비로소 천천히 뜨게 될 때 우리는 지금껏 한 번도 보지 못했고 느껴보지 못했던 빛을 보게 되었어. 세상은 우리가 생각했던 것보다 훨씬 더 밝을 수도 혹은 어두울 수도 있겠지만 눈을 감고 있었을 때보다 더 밝은 어둠이 그리고 그 밝은 어둠보다 더 밝은 빛이 보일 테니까. 이때껏 보지 못했던 밝고 환한 빛들이 쏟아져 돌아올 때쯤 비로소 그건 행복의 향기가 되어 주겠지.

"삶이란 마치 감겨 있는 우리의 눈을
천천히 뜨고 있는 과정인 것 같아
아무것도 보이지 않던 깜깜한 세상이
천천히 빛과 함께 들어오는 것 같아
알고 보면 더 어두울 수도 있지만."

세상 속에서 우리가 받아내는 그 모든 상처는 깊은 우물같이 천천히 그리고 깊숙이 내 마음에 상처를 낸다. 그 누구도 예상하지 못하고 알아보지 못할 그런 상처들은 마치 패여 버린 나무같이 또 베여버린 흉터같이 그렇게 잊혀지지 않는 그 고통은 그렇게 나를 가만히 내버려 두지 않았지만 그렇게 없어지지 않을 것만 같았던 그 아픔은 그렇게 짙은 눈물처럼 흘러내렸다. 평생을 내 곁에서 내 마음속에서 떠나지 않을 것 같았던 그 아픔들이 그렇게 짙은 눈물 한 방울에 흘러 내렸다.

"상처는 깊은 우물 같이 아픔은 패여 버린 나무같이
좌절은 베여버린 흉터같이 마치 잊혀지지 않는 그 고통은
그렇게 짙은 눈물처럼 흘러내렸다."

그렇게 홀로 피어난 외로운 불씨는 천천히 그리고 자연스럽게 또 조용하게 그렇게 혼자서 피어오른다. 불씨는 그렇게 세상을 돌아다니며 좋은 일, 좋지 않은 일, 행복한 일, 슬픈 일들을 겪어 나가며 그렇게 스스로 자기 자신을 불태워가며 그렇게 조금씩 불꽃이 되어 나간다. 하지만 불꽃은 그때까지도 몰랐지 지금까지 한 모든 일은 자기 자신 혼자 한 일이 아니라 내 주변 사람들 그리고 소중한 가족들과 친구들을 만났고 또 삶을 공유하며 그렇게 피워 올랐다는 걸 그리고 그 속에서 가장 큰 불씨는 바로 믿음이라는 불씨 그리고 그 믿음이라는 불씨가 불꽃이 될 수 있었던 것은 바로 믿음이라는 조각들이 모이고 또 자리를 잡았기 때문이지.

그렇게 가장 낮은 곳에서 태어난 불씨는 그렇게 수많은 일을 겪어가며 불꽃이 되고 그렇게 가장 높은 곳으로 올라간다는 걸.

"가장 낮은 곳에서 피어나는 불꽃은 가장 높은 곳으로 향하기 마련이다."

우리가 가진 생각의 창고와 마음의 그릇은 생각보다는 그렇게 크지는 않아 계속 조금씩 천천히 담아내다 보면 결국엔 넘쳐흘러 버릴 거고 그렇게 흘러버

린 생각과 마음들은 다시는 담을 수 없을 정도로 처참하게 무너져 버릴 거야. 우리는 세상의 모든 빛과 어둠을 끌어안을 수는 없어 그렇기 때문에 우리가 받아들일 수 있는 한계를 넘어서 버리면 그렇게 행복했던 미소도 처절한 미소로 바뀌어 갈 뿐이야. 그러니 혼자서 모든 것들을 이겨내려고 하지 말고 버텨내려고 하지 마. 우리가 할 수 있는 한계점은 분명히 존재하니까.

"세상의 모든 빛과 어둠을 끌어안을 것처럼
그런 처절한 미소로 세상을 살아가는구나."

그렇게 내일은 지고 오늘은 피어나겠지.

두려움은 어디에서 올까

—

사람들은 변하는 게 두렵다고 하더라. 그런데 그게 변하는 게 두려워서 아무 것도 하지 않는 것인지 아니면 변하는 게 두려워서 아무것도 못 하는 것인지는 모르겠다고 하더라. 어제와 다른 나 그리고 오늘과 다를 나 과연 사람들은 뭐가 두려운 것일까. 변하는 것 그 자체에서 오는 익숙하지 않음 그 자체가 두려운 것인가 아니면 변한 후에 오는 새로운 일에 대한 두려움 일까. 그런 사람들에게 오는 두려움 중에 가장 큰 두려움은 막연한 두려움인 것 같아. 보통 두려움이라는건 어디에서 왔는지 알 수가 있는데 막연한 두려움은 출처가 불분명하니까. 결국 하지 않는 것도 또 하지 못하는 것도 두려움에서 오는 거니까.

"변하는 게 두려워서 아무것도 하지 않는 것
변하는 게 두려워서 아무것도 하지 못하는 것."

두려움은 마음을 타고 갑자기 오는 경우도 있지만, 생각을 건너 마음을 거쳐 천천히 올 때도 있는데 막연한 두려움은 아무래도 마음을 타고 갑자기 오는 것 같아. 두려움이란 두려운 생각이 났다가 그 후에 마음을 거쳐서 나타나곤 했는데 막연한 두려움은 생각을 거치지 않고 이름 모를 감정처럼 나타나 나를 괴롭히거든 아무 이유 없이 갑자기 일어나지도 않는 일을 일어나지도 않을 일을 혼

126

자서 걱정하고 고민하고 결국엔 아무것도 하지 못하고 침대에 누워 밀려오는 생각들과 같이 잠을 청하곤 하지. 아니, 침대에 누워있기만 하고 잠은 제대로 자지 못했던 수많은 날을 보내곤 했지 이 두려움을 이겨보려고 대체 어디에서 오는 것인지 알아보려고 그렇게 수많은 날을 보내곤 했어.

그런데 두려움을 알아보려고 이겨내 보려고 할 때마다 결국엔 천천히 그 두려움에 잠식되어 갔던지 점점 두려움은 커지기만 했던 것 같아. 그제야 난 두려움에 대해서는 조금은 알게 됐지. 두려움은 생각하면 할수록 점점 더 커지고 이겨내 보려고 할수록 더 이겨낼 수 없는 커다란 존재가 되어갔고 알아보려고 할수록 본인을 조금씩 숨겨가는 존재라는 걸. 그래, 두려움은 이겨내는 것도 알아보려고 하는 것도 소용이 없고 그 두려움을 생각하면 할수록 점점 더 두려움에 빠지는 나날을 보냈다는 거야.

결국엔 두려움을 인정하고 받아들이는 날이 나에게 다가왔을 때 나는 비로소 두려움과 친구가 되었어. 우울도 내 친구로 받아들였듯이 두려움도 우울과 다름없는 평생을 같이 갈 친구가 되어버린 후로 난 조금은 더 편해졌어. 요즘엔 이 막연하게 오는 두려움을 즐기려고 하는 것 같아 나에게는 "노력"이라는 단어가 나한테 행복이 되어주고 기쁨이 되어주는 줄 알았는데 그건 아니었던 거야 무엇이든 노력하려고 했던 어제의 나는 여행을 가는 것도 노력했고 즐겨야 했던 그 모든 시간도 노력을 하게 되어버렸던 거야. 노력하지 않아도 될 그 수많은 날을 "노력"이라는 단어로 뒤덮여 버리게 놔둬 버렸던 거야. 노력이란 것을 필요할 때 해야 했었는데 필요하지 않을 때도 했었기에 즐겨야 하는 나날들을 무의미하게 보내버렸던 것처럼 말이야.

그러니까 말이야. 두려움도 이겨내 보려고 노력을 했고 알아내 보려고 노력을 했던 어제의 내가 했던 일들은 보냈던 그 나날들은 무의미했다는 거야. 왜,

대체 내가 나에게 오는 이름 모를 감정을 이겨내 보려고 했던 건지 내가 무슨 무엇이든지 다 잘할 수 있는 사람이라도 되는 줄 알았던 건지 할 수 없는 일을 할 수 있다고 생각하며 살아왔던 거야. 그렇게 생각을 하니까 그 막연한 두려움이랑 하루도 빠짐없이 사투를 벌이며 살았던 거지 그냥 막연한 두려움은 나랑 친구가 되고 싶었던 건데 나를 이해하고 싶었던 거고 그렇게 모든 것에 노력하면서 사는 것은 좋지 않다는 것을 말해주고 싶었던 것일 수도 있는데 조금은 내 자신을 내려놓고 주변을 둘러볼 수 있는 시간을 주고 싶었던 것 일수도 있는데 난 그걸 알지 못하고 많은 시간을 무의미하게 보내 버렸던 거야. 그래도 지금이라도 알 수 있어서 다행인 것 같아. 이제 조금은 내려놓는 방법을 배웠고 할 수 있는 것과 하지 못 하는 것을 조금은 알 수 있게 되었고 이제야 인생의 쉼표를 즐기는 방법을 알게 되었거든 몰랐던 어제의 그 수많은 날 덕분에 지금의 내가 조금은 더 편할 수 있는 나날을 보내고 있으니까 말이야. 오늘도 나는 우울을 마음에 두려움을 마음에 두고 하루를 살아가고 있는 중이야. 웃으면서.

이제, 조금은 자연스럽게 살아볼까.

의미 없는 단어들

—

사람들은 오늘도 세상에 수많은 단어를 내뱉는다. 그리고 그 단어들은 많은 사람에게 각자 다른 의미로 보이게 되고 또 다른 영향을 주게 되겠지. 그리고 난 그 단어의 중요성을 알기에 글을 쓰기 전에도 쓰는 중에도 쓴 후에도 내 글을 읽어보는 게 습관이 되어버렸어. 그냥 내가 아무 생각 없이 글을 내뱉거나 내 기분이 좋지 않다고 좋지 않은 글을 내뱉는다면 과연 그걸 보는 사람들에게 어떤 영향을 끼치게 될지를 알고 적어가야 하지 않을까. 글은 내 우울이나 감성이나 감정 혹은 행복이나 사랑을 단어들이 모여 표현해내는 것이지만 그 단어들이 내가 아닌 다른 사람에게 좋지 않은 영향을 끼치거나 아무런 생각도 의미도 없는 글이라면 과연 그게 나에게 그리고 다른 사람에게 좋은 영향을 줄 수 있을까. 아무런 생각도 의미도 없는 글이라면 과연 그게 나에게 그리고 다른 사람에게 무슨 의미가 있을까.

오늘도 난 내 생각을 정리하고 그 생각으로 단어들을 모아서 최대한 신중하고 편안한 마음으로 글을 쓰려고 해. 내 글을 보는 사람들이 조금은 쉬어갈 수 있게 그리고 편안한 마음을 가질 수 있게. 그리고 나조차도 나중에 내 글을 본다면 편안한 마음을 가질 수 있게.

지금 누군가에게 말을 하거나 누군가에게 보이는 글을 쓰거나 누군가에게 내가 가진 감정을 그리고 감성을 전달해주는 사람들은 말 한마디 행동 한 번을 조심해야 하지 않을까. 우리가 세상에 내뱉는 말과 적어내는 글이 모든 사람에게 행복을 전해줄 수 있는 것도 아니고 위로가 되는 것도 아니고 좋은 영향을 줄 수 있는 것도 아니니까. 그래, 내가 하고 싶은 일 그리고 내가 좋아하는 일을 하면서 남들에게 좋지 않은 영향을 준다면 과연 그게 행복할까. 그래도 이왕이면 남들에게 좋은 영향을 주는 게 행복한 일이 아닐까 생각해. 우리가 세상에 내뱉는 모든 단어와 모든 감정이 모든 사람에게 행복을 줄 수 있는 것은 아니야. 그러니 오늘은 어제보다는 조심해 줬으면 해. 누군가에게 보인다는 것은 결코 쉬운 일도 아니고 쉽게 생각해서도 되는 일도 아니니까. 사람 중에는 남들 보다 배움이 적어 제대로 된 표현을 하지 못해서 피해를 주는 사람도 있는 반면에 알아도 모른 척을 하면서 교묘하게 남들에게 피해를 주는 사람도 있어. 물론 한두 번은 실수라고 할 수 있지만, 그 이상이 넘어가거나 그 정도가 심해지면 결국엔 사람들에게 외면을 받을 수밖에 없는 것 같아. 사람들은 경험을 통해서 삶을 통해서 말의 뜻과 표현방법을 배워 나가기 때문에 결국 지금 네가 하는 그 의미 없고 사람을 아프게 하는 말도 나중에는 양파껍질처럼 까이고 까여서 의미가 드러날 거야. 그래, 말이란 없어지지 않고 항상 우리 곁에 존재할 테고 또 우리가 사람들에게 해주는 위로의 말이 피해를 줄 수도 있으니까. 제발 오늘도 한 번쯤은 더 생각하고 말해보는 것은 어떨까.

"말은 없어지지 않고 항상 우리 곁에 존재한다.
남들에게 피해를 주는 말도 위로를 주는 말도,
피해를 주는 말은 없어졌으면 하는데 사라지지 않는다.

누군가에게 내 글이 좋은 의미가 되었으면 해.

마음이 만들어내는 단어

—

우리가 가진 마음이 매분 매초 혹은 하루 이틀에 걸쳐 생각과 경험을 통하여 만들어내는 마음의 단어를 무시하지도 말고 막아 내려고 하지도 말아라. 마음이 만들어내고 또 말하고자 하는 단어들은 남들에게 필요할 수도 있고 필요하지 않을 수도 있겠지만 우리가 가진 마음은 그 마음의 단어가 세상에 흘러 들어감으로써 행복해질 거니까. 누군가에게 말을 함으로써 우리의 마음이 행복해질 거니까. 그러니까 우리 오늘은 마음이 만들어내는 단어들이 모인 예쁘고 행복해지는 말을 하자.

> "마음이 만들어내는 단어를 무시하지도 말고
> 마음이 말하고 싶은 단어를 막아내지도 말아라."

그렇게 밝지도 않고 또 사람들과 빨리 친해지는 것도 아니었던 내가 필요에 의해서 항상 미소를 유지하고 작은 일에도 크게 웃어주며 남들의 말에 반응을 해줬고 그렇게 낙천적이지도 긍정적이지도 않았던 내가 항상 낙천적이고 긍정적으로 살아보려 노력했던 지난날의 모든 나날 덕분에 내가 가지고 있던 모든 감정이 무뎌지는 수밖에 없었지만, 오늘의 나는 점점 감정에 익숙해지고 내가 가진 진정한 감정을 알아가는 나날을 보낸다면 내일의 나는 그런 좋은 감정과 좋지 않은 감정마저도 잘 다스릴 수 있는 그런 사람이 되기를. 그런 나날을 보낼 수 있기를 바라며.

"어제의 내가 감정에 무뎌진 사람이었다면
오늘의 나는 감정에 익숙해진 사람이 되기를
그리고 내일의 나는 감정을 잘 다스릴 줄 아는 사람이 되기를."

그렇게 마음이 만들어 내는 단어를 온전히 받아내어 나를 알아갈 수 있는 나날을 보낼 수 있기를 바라며 마음이 바라는 진정한 미소를 가지고 살아갈 수 있기를 바라며 오늘도 하루를 보낸다. 필요에 의해서 내 마음을 감추고 살아왔고 필요에 의해서 나 자신을 감추고 살아왔던 지난날을 진정한 웃음을 지으며 보낼 수 있기를 바라며 그리고 그 지나왔던 나날들이 있어 줬기에 지금의 내가 있을 수 있다는 것을 잊지 않기를 바라며 보낸다.

지나왔던 그 모든 날이 헛되지 않았다는 것을 내 마음은 알고 있으니까 이제는 나 자신이 그걸 알 수 있는 오늘이 되기를 바란다.

마음은 오늘도 행복을 말한다.

삶에 의미가 되어주는 단어

—

우리는 하루에도 수없이 많은 단어를 만나고 듣고 뱉어내며 살아가는 나날을 보내는 중이야. 그리고 그 단어 중에는 우리에게 행복이나 기쁨을 주는 것도 있고 자신감을 주거나 삶의 의미가 되어주는 단어들도 있겠지만 우리에게 아픔이나 슬픔 혹은 잊을 수 없는 상처를 주기도 하겠지. 그러니 사람들아 우리는 하루에도 수없이 많은 단어를 만나고 듣고 뱉어낼 때 조금은 더 신중하게 그리고 행복을 줄 수 있는 단어를 세상에 흩뿌려 주기를 바라. 사람들아, 좋은 영향을 줄 수 있는 단어를 뱉어낼 수 없다면 조금은 더 침묵해 주기를 바라 그리고 삶에 의미를 새겨주고 평생 함께 같이 나아갈 단어를 만나길 바라요.

"하루를 시작하며 밀려오는 단어의 피로감에 휩싸여
피곤한 듯 피곤하지 않은 하루를 단어와 함께 보내며
어느새 그 속에서 찾을 수 있는 단어의 행복을 느낀다."

좋은 영향을 줄 수 있는 단어라는 것은 그 어떤 것보다 거창하고 힘든 것이 아니야 그저 남들이 말하는 것을 끝날 때까지 조용하게 들어주고 천천히 답변해주는 것 그렇게 할 수 없다면 그저 조금은 침묵해 주기를 침묵하고 남이 말하는 단어를 고스란히 받아 주기를 바라요. 그렇게 침묵을 하면서 많은 단어들을 만나고 바라보면서 삶에 의미를 새겨주고 평생 함께 나아갈 단어를 만나길 바라요. 그렇게 삶에 의미가 되고 평생 함께 나아갈 단어를 사람들에게 건네주어 행복과 위로를 주기를 바라요.

"사람들에게 좋은 영향을 줄 수 있는 단어를 뱉어낼 수 없다면
조금은 더 침묵해 주기를 바라 그리고 삶에 의미를 새겨주고 평생 함께
같이 나아갈 단어를 만나길 바라요."

단어가 주는 의미와 행복 그리고 사랑.

내일이 오면

—

오늘 아주 좋은 말을 들었어요 무너져있던 제 마음을 조금이나마 예전처럼 활동할 수 있게 해주는 아주 희망이 넘쳐흐르는 말이었죠. 사실, 요즘에 너무 힘들어요 예전과는 다른 의미로 참 힘들고 살아가는 게 어렵죠 내가 뭘 할 수 있을지도 모르겠고 어떻게 해야 할지도 모르겠는 마치 작은 울타리 안에 갇혀서 이도 저도 못 하는 상태인 거죠. 글 쓰는 것 이외에는 아무것도 할 수 없고 그럴 힘조차도 없는 저에게 오늘 그분이 해주신 말은 이 어둡고 작은 울타리를 건너뛸 수 있는 아주 큰 힘이 되는 말이었어요. 물론, 울타리를 건너뛰고 밖으로 나왔어도 아직 어둡고 평탄하지 않은 길이 제 앞에 있지만 그래도 전 살아갈 수 있다는 희망이 생겨서 정말 행복하네요.

행복하다는 말을 되게 오랜만에 쓰는 것 같아요 글로는 많이 쓰긴 했지만 제 입 밖으로 행복이라는 말을 한 것은 아무래도 한 1년 정도 전쯤이었던 걸로 기억해요. 전 이 어둡고 평탄하지 않은 길을 걸어가면서 행복이라는 단어를 입 밖으로 꺼낼 수 있다는 것 자체가 기적이라고 생각합니다. 내가 할 수 있는 일은 그저 글을 쓰면서 다른 사람들에게 작은 위로와 행복을 주는 것이지만 이렇게 천천히 하나씩 하다 보면 조금씩 달라져가는 나를 볼 수 있겠죠. 그러다 보면 나중에는 제가 바라고 원하는 일을 그리고 저를 필요로 하고 제가 꼭 맡아야 하는 일을 할 수 있을 거라고 생각해요.

지금은 글 쓰는 것 이외에는 아무것도 할 수 없지만 나중에는 제가 쓰는 글을 사람들에게 좋은 목소리로 전달해 주기도 하고 제 일상을 많은 사람들에게 보여주면서 아주 작은 위로와 행복을 전해줄 수 있을 거라 믿습니다. 남을 위한 삶을 살기 위해서는 나를 위한 삶을 먼저 살아야 할 거예요 저는 이 낭떠러지에 떨어지고 울타리에 갇혀있던 지금이 그리고 울타리에서 벗어나 한 줄기의 빛에 의지해 어둡고 평탄하지 않은 길을 걸어가는 지금이 나중에 저에게 오는 기회를 잡기 위해서 그리고 제 삶을 살기 위해서 꼭 거쳐 가야 하는 과정이라고 생각해요.

저는 진정한 믿음과 사랑으로 지금을 살아갈게요 벌처럼 그리고 나비처럼 날아서 저 하늘에서 빛나는 별 보다 더 빛나는 세상에 빛과 소금 같은 존재가 되리란 걸 믿고 기도하며 살아갈게요.

내일이 오면 행복해지겠지.

제5장
나

우리가 조금은 더 좋은 하루를 보냈으면 해요. 아픈 생각이나 힘든 생각보다 조금은 더 긍정적인 생각을 했으면 좋겠어요. 오늘 우리 참 재미있는 하루를 보냈으니까 내일은 더 행복했으면 좋겠어요. 오늘 우리가 만들었던 그 많은 추억들이 내일을 살아갈 힘이 되어줬으면 해요. 내일은 오늘보다 더 크고 멋진 하루를 보내도록해요. 더 이상 아프지도 슬퍼하지도 말아요. 우리가 함께 같이 좋은 생각을 또 좋은기억을 만들어 가면 되잖아요. 아, 지금까지 참 힘들었어요. 아무것도 하기 싫었고잠만 자고 싶었는데 오늘은 참 즐거웠어요. 내일은 우리가 조금은 더 행복했으면해요.

어제의 기록

—

어제는 하루 종일 침대에 누워있기만 했어. 한 달 정도 아무것도 하지 않고 어디도 나가지 않고 누구와도 연락하지 않고 밥은 물론이고 물도 거의 먹지 않으며 한 달을 보내다 보니까. 내가 사는 이 세상이 공허하게만 느껴지더라고 마치 나 혼자만 이 세상에 사는 것 같고 그 누구도 내 공간에 들어올 수 없을 만큼 혼자 외로이 있는 것 같은 그런 느낌이더라고 하루 이틀 삼 일 그리고 일주일 정도는 괜찮았어. 어지러웠던 내 머릿속을 정리하는 느낌도 들었고 아무것도 하지 않고 그 누구도 나에게 그 어떤 말도 하지 않으니까 그저 나를 온전히 돌아볼 수 있는 날이 되더라고 정말 이 세상은 불행하고 이 삶은 아무것도 아니라고 생각했던 어제의 나날들이 정리되는 느낌이었어. 근데 이것도 일주일이 지나고 이 주 삼 주 결국 한 달을 채워가게 되니까 점점 힘들어지기 시작했어. 난 계속 이렇게만 살아야 하는 걸까. 왜, 인생의 쉼표는 내가 좋은 일이 생겼을 때 오지 않고 안 좋은 일이 생겼을 때 오는 걸까. 난 이대로 불행한 생각과 불행한 나날들에 휩싸여 점점 내 인생은 저물어 가버리는 걸까. 그렇게 막연한 두려움은 나에게 찾아왔어 천천히.

이대로 또 한 달이 지나면 대체 나는 뭘 할 수 있을까. 이대로 하루가 지나면 난 어떤 사람이 되어 있을까 라는 막연한 두려움이 그리고 불안이 쉬어가고 있는 나에게 찾아오더라고 그래서 난 이제 조금은 움직여 볼까 라는 생각을 하게 되었는데 집 밖에 나가는 것도 친구를 만나는 것도 그 어떤 것도 다 하기가 싫더라고 그래서 아무것도 안 했어 잠도 거의 자지 않았고 그 좋아하던 운동도 하지 않고 그냥 온전히 나 스스로가 만들어내는 삶을 느끼고 또 그 안에 있던 즐거움을 찾아보려고 했어. 마치 하루를 살아가는 것도 노력해야 했던 어제의 내가 우스워 보일 정도로 그렇게 난 하루를 보내는 것을 노력하지 않았고 그냥 이해하려고 노력했어. 처절하게 무너져 버렸던 나 자신을 말이야.

어제는 마치 여러 개의 갈림길 앞에 우두커니 서 있는 나를 바라보는 느낌이었어. 이 세상에 존재하는 길은 모두 내 앞에 있는 것 같은 그런 느낌말이야. 어떤 길을 선택해야 할지 모르겠고 어떤 삶을 살아가야 할지 모를 지경이던 어제의 나는 그래서 아무것도 하지 않고 그 자리에 그냥 서 있거나 누워있거나 앉아 있었던 건가 봐. 그렇게 그 자리에서 선택하지 못하는 삶을 즐기기 위해서 나만의 공간을 만들어 뒀던 건가 봐 그렇게 그 공간에서 즐기지도 못하고 웃지도 못했지만 그래도 거기서 쉴 수 있었기 때문에 아무것도 하지 않을 수 있었고 그 누구의 말도 듣지 않아도 됐었기에 그 공간을 그 자리를 벗어나지 않았던 것 같아.

이제 생각해보면 그 여러 개의 갈림길 앞에는 나를 알아주는 내 길을 같이 걸어가 줄 사람들이 있었는데 그리고 나에게 배움을 주고 나에게 이 길을 어떻게 걸어가야 할지 알려줄 사람들이 있었는데 난 그마저도 싫었는지 그리고 아무것도 싫었는지 그 사람들이 내민 손을 붙잡기보다 그냥 혼자 있는 삶이 너무 좋았어. 혼자 있는 것을 너무나도 싫어했던 나였는데 혼자 있는 것을 좋아하게 되어버렸어. 내가 인생을 헛살았던 것은 아니었나 봐 내가 어디로 가든지 날 도와줄 사람들은 존재했던 거야. 그리고 난 그렇게 힘들었던 나날들 속에서도 믿음을 잃어버리지 않았어. 예전에는 믿음을 강요받았던 삶을 살았었는데 이제는 온전히 믿어낼 수 있는 나 자신이 되었던 거야. 그렇게 믿음이 만들어 내는 온전한 미소는 날 일주일에 하루 정도는 밖으로 나가게 만들어 줬지 예전에는 가고 싶어서 갔던 것이 아니라 강요에 의한 것이었지만 이제는 내가 가고 싶어서 나갈 수 있게 되었던 거야.

그렇게 믿음이 만들어 준 조그마한 불빛은 내가 살아갈 수 있는 조금의 힘이 되어줬고 그제야, 난 내가 나를 인정하는 방법을 배우고 내가 가진 것들을 이해하는 방법을 배우기 위한 길을 걸어 나갈 수 있었던 거야. 그 길의 맨 앞에는 나의 믿음을 기다려줬던 하나님이 계셨고 그로 인하여 예수님이라는 길잡이와 함께 새로운 사람을 만날 수 있었어. 나에게 살아가는 방법을 알려준 것이 믿음이었다면 나를 인정하는 방법을 알려준 것은 아무래도 상담을 해준 교수님이지 않을까 그렇게 생각해. 내가 살아가는 것에 회의감을 느끼고 나를 인정하지 않고 저버릴 생각만 하면서 가면을 쓰고 살아왔는데 그 가면을 천천히 그리고 자연스럽게 없애버릴 수 있게 해주셨고 내가 가진 생각들을 내가 뱉어내는 단어들을 고스란히 받아내어 나를 인정하는 방법을 알려주셨어.

좋은 사람을 만날 수 있다는 건 인생에 몇 없는 큰 행복 중의 하나인 거야. 방황하던 나를 돌이킬 수 있게 해주셨던 게 바로 어머니의 사랑과 친할머니와의 잊을 수 없는 한때의 추억이었다면 내가 나를 인정하고 나를 받아들일 수 있게 해주셨던 것은 바로 상담을 해주는 교수님이 나를 이해하려고 해주셨던 그 진정성이 느껴지는 마음이 아닐까. 가족 중 그 누구도 나의 이 마음을 인정하지 못했고 내가 하는 말을 들을 수 없었는데 그 와중에 만나게 되었던 교수님은 나의 이 마음을 인정해주셨고 내가 하는 말을 최대한 들어주려고 하셨어. 마치 그 여러 개의 갈림길에 혼자 있던 나에게 또 다른 길잡이가 생긴 것 같은 기분이었지 그렇게 난 천천히 또 자연스럽게 새로운 길을 걸어 나가게 될 수 있었어.

　이게 참 신기해 난 사람에게 회의감을 느껴서 가족들조차도 외면했고 친구들조차도 외면하려 했는데 가족들은 날 이해하지 못했고 아니, 이해하려 노력했지만 할 수 없었던 거였고 친구들은 이런 나마저도 괜찮았던지 집에만 있는 나를 불러내어 같이 시간을 보내줬었는데 대체, 사람을 외면하려 하는 이런 나를 뭐가 좋다고 그렇게 해주는 것인지 참 신기했어. 아마, 그래도 내가 사람들에게 조금은 잘했다는 걸까 내가 그래도 삶을 조금은 잘 살았던 것일까. 그렇게 헤어 나올 수 없었던 그 깊고 짙은 어둠 속에서 난 많은 손을 거쳐 다신 보기 싫었던 세상에 나올 수 있었고 그렇게 어둠보다는 빛이 더 좋아지는 삶을 살게 되었어. 진정한 삶을 살아가는 첫 발걸음을 내디딜 수 있게 되었다는 거야.

　또 다른 길잡이인 교수님은 나의 말을 끝까지 들어 주셨어. 난 다른 사람에게 내 고민을 말하는 것도 별로 좋아하지 않았고 그냥 남들의 고민을 들어주는 것을 좋아하던 사람이었는데 아무래도 받아낼 수 있는 감정의 깊이나 양이 너무 많았던지 감정을 받아내는 그릇이 깨어져서 받아 내었던 그 수많은 감정이 내게 흘러들어왔던 것 같아. 깨어졌던 게 아니면 아무래도 감정의 그릇을 닫아버려서 그 어떤 감정도 나오지도 못하고 들어오지도 못했던 것일 수도 있어. 그렇게 쌓여있던 감정들이 표출되었던 것은 무기력함이나 분노였는데 아무래도 교수님을 만나게 된 이후로 그 감정을 말로 표현하고 또 글로 표현할 수 있게 되어서 조금은 감정에 자유로워졌던 것 같아.

　책을 읽는 것도 텔레비전을 보는 것도 뭔가에 집중하는 것조차도 힘들었는데 글을 쓰는 것은 할 수 있겠더라고 그리고 말하는 것도 힘들었는데 교수님에게 말을 할 때면 마치 마음이 조금은 평안해지는 느낌이었어. 아무래도 교수님은 그 누구보다 열린 마음으로 내 말을 온전히 들어주었던 건가 봐 내가 글을 쓰고 있다고 하니까 너무 잘하고 있다고 말씀해주셨어. 말로 표현할 수 없는 것을 글로 쓴다는 것은 아무래도 정말 잘한 일이었던 것 같아. 뭔가를 제대로 할 수 없었기에 마지막으로 나왔던 내 감정을 내 마음을 표현하는 방법이었던 거겠지. 내가 글을 쓰지 않았다면 과연 어제의 나는 어떻게 됐었을까. 지금처럼 웃고 있지는 못했겠지.

　교수님은 정말 신기해하셨어. 원래 나 정도로 마음이 힘들고 아무것도 하기 싫고 귀찮아하는 사람이라면 글을 쓰는 것도 말을 하는 것도 힘들어하는데 나는 그래도 글을 쓰는 것도 말을 하는 것도 곧잘 할 수 있었거든 아무래도 지금까지 쌓여왔던 모든 감정이 그렇게라도 배출되기 위해서 애썼던 건가 봐. 감정의 주인이 그리고 마음의 주인이 배출해주지 못하니까 그렇게라도 해서 자기의 주인을 지키려고 했던 거겠지 처음부터 좋은 글이 나왔던 것은 아니야. 가면을 쓰고 살아왔던 어제의 글 중에는 과연 이게 내가 쓴 글인가 할 정도로 어색하고 의미가 없는 글이 많았어. 그리고 가면을 벗자마자 쓰게 되는 글들도 어색한 건 똑같았어. 하지만 하루가 지나고 이틀이 지나고 그렇게 수많은 나날이 지나갈수록 내가 쓰는 글은 다음에 내 자신이 다시 보더라도 행복이 보였고 위로가 보였고 그제야 내 글은 자연스러워질 수 있었어. 나 자신이 내 마음이 내 감정이 자유로워지니까 내 글의 내용도 자연스러워질 수 있던 거야. 어제의 글은 마치 한없이 우울해지고 아파지고 힘들었던 나날을 이겨내기 위한 하나의 과정이었다면 지금의 글은 어제보다 행복을 말하고 우울과 친구가 되고 나조차도 위로가 되는 과정이 되었어. 행복을 말하는 과정이 그리고 결과가 되었던 거야.

　어제의 나야 힘들었던 지난날을 보내기 위해서 노력해줘서 고마워 그렇게 노력해줬던 나날들 덕분에 지금의 내가 있을 수 있었던 거야. 행복을 적을 수 있고 행복을 말할 수 있게 해줘서 고마워 어제의 네 덕분에 지금의 내가 있을 수 있는 거야 하루를 살기 위해서 노력했던 지난날의 나 덕분에 지금은 하루를 살아도 즐거운 마음으로 행복한 마음으로 모든 것을 내려놓고 살 수 있게 되었어. 그래도 무슨 일을 하든지 철저하게 계획하고 대안까지 세우는 나를 바꿀 수는 없지만 그 계획과 대안을 세우는 나 자신마저도 행복할 수 있는 지금이 될 수 있게 해줘서 고마워.

그렇게 한 달 정도를 어디에도 나가지 않고 아무것도 하지 않았지만 그래도 내가 하고 싶었던 일인 해군 부사관을 하고는 싶었는지 나는 그 순간에도 필기시험을 보려고 시험은 신청했고 그렇게 한 달이 두 달이 지나고 석 달이 넘어갈 때쯤에 시험 날짜는 다가왔고 난 그렇게 한 번 들어갔다 건강상의 이유로 나오게 되었던 해군 부사관 필기시험에 다시 붙게 되었어. 그렇게 필기시험에 붙고 신검을 받던 도중에 발견된 좋지 않은 부분은 면접에 영향을 줄 정도는 아니었고 난 결국 해군 부사관을 붙게 되었지만 포기하고 들어가지는 않았어. 아무래도 내 몸과 마음은 알았던 것 같아 이대로 들어가면 난 아무래도 더 불행해지고 더 아팠을 거라고 생각했나 봐. 근데 그게 딱 들어맞았던 거야 난 지금도 이 아픔들 덕분에 감사하게도 병원에 다니고 있어 내가 아파왔던 부분들이나 새로 생긴 아픔들을 조금씩 천천히 치료하고 있을 수 있게 되었지.

물론 내가 이 모든 아픔을 견뎌내고 버텨내고 해군 부사관을 들어갔다면 지금쯤이면 임관을 하고 행정 쪽에서 복무하고 있을 거야. 왜냐하면, 이 길을 준비하고 있을 때 너무 좋은 분을 만나게 되었고 정말 그분 덕분에 많은 것을 배웠고 알 수 있었거든 그렇지만 난 그 길을 포기했고 내 건강과 아픔을 치료하는 길을 선택했어. 그리고 난 후회하지 않아 지금 나의 건강과 아픔이 언제쯤 다 치료될지는 모르겠지만 그래도 한 10년 뒤에는 지금보다는 환하게 웃고 있지 않을까 생각해 행복하게 웃고 있을 거야. 내가 진정으로 하고 싶었던 꿈을 포기해야 할 정도로 아팠기에 난 좌절을 겪고 절망을 맛보았지만 그래도 후회는 하지 않아.

지금 내 친구들은 각 군의 장교들로 부사관으로 또 일반 병사로 나라를 지키며 본인의 인생을 본인의 꿈을 바쳐가면서 살아가고 있어. 그리고 난 그게 부럽기는 하지만 그래도 후회는 안 할래 난 지금이 더 행복하니까. 내가 하고 싶었던 것을 할 수 있게 되었고 내 감정을 내 마음을 표현할 수 있는 글을 적을 수 있게 되어서 너무 다행이고 행복해. 지금 우리가 포기할 수밖에 없는 일이 생겼다면 지금 당장은 힘들겠지만 그걸 받아들이고 조금은 편해지는 마음으로 살 수 있게 되었을 때 진정한 행복은 그리고 새로운 길을 찾아올 거야. 너의 손을 잡아주고 너의 앞길을 알려 줄 수 있는 인생의 길잡이와 함께 찾아올 거야. 그러니 조금은 웃어보자.

새로운 길은 그렇게 좋은 사람과 함께 찾아온다.

오늘의 기록

—

글을 쓰게 된 것은 아무래도 나를 표현하기 위한 수단인 것 같아. 누구에게도 말할 수 없었던 나를 표현하기 위한 마지막 수단이었던 거지 난 행동하는 것보다 말하는 것을 더 좋아했었기에 말을 조금 더 해야 했는데 삶은 나에게 말보다는 행동하는 것을 더 원했어. 나는 보스보다는 리더에 어울리는 사람이었지 난 맨 꼭대기에서 누군가에게 명령을 내리는 것보다 그 보스 바로 옆이나 아래에서 사람들을 이끌고 나가는 걸 더 좋아하게 되었던 것 같아. 누군가의 밑에서 일하는 것을 너무 싫어했는데 그것마저도 잘할 수 있게 되었어. 그래도 불합리하거나 이건 아닌 것 같은 부분은 곧바로 말해서 고칠 수 있게 했던 사람이 될 수 있었어. 그래서 그랬던지 대학교에 들어가고 나서는 동아리 총무부터 시작해서 동아리 회장도 맡게 되었고 그렇게 지내다가 자치학생회라는 기숙사생들을 관리하고 기숙사생들의 편의를 봐주는 학생회에도 들어가게 되었던 것 같아. 층장부터 시작해서 사감을 도와서 층장들을 관리하는 관대표도 하게 되고 기숙사에서 벌점을 많이 받아 교내 봉사를 하는 것을 관리하는 규율부 차장부터 부장까지 하게 되고 그렇게 일을 하면서 알게 된 사람들 덕분에 학교에 방학 때마다 남아 층장을 하거나 아니면 학교에서 근로도 하게 되었고 이제는 학기 때도 층장을 하며 학교에서 근로를 하게 되었어.

정말 좋은 사람들을 만났고 또 그 좋은 사람들과 함께 좋은 추억도 쌓았지만 물론 좋지 않은 추억들도 많이 쌓게 되었지 그렇게 좋지 않은 추억들로 인한 스트레스는 말할 수 없을 정도로 커졌기 때문에 난 점점 입을 닫았던 것 같아. 아무래도 말해야 하는 부분인데 말하지 않고 혼자 속으로 삭이며 하루를 보냈고 그 하루가 점점 늘어나 결국 습관이 되어버렸던 거야. 그래, 난 원래 행동하는 것을 별로 좋아하지 않았는데 오히려 행동보다는 말하는 것을 더 좋아했는데 그게 바뀌어 버리니까 내 마음은 내 감정은 조절할 수 없을 정도로 혼자서 커져 버렸던 거야. 그렇게 아픔은 천천히 다가왔던 거지.

그렇게 어렸을 때는 소심하고 낯가리며 처음 보는 사람들과 제대로 어울리지 못했던 나인데 필요에 의해서 내가 아닌 나로 살아가다 보니 더 힘들었던 건지도 몰라. 아무래도 그런 과정이 있었기에 내가 더 성장할 수도 있었겠지만 그래도 뭔가가 성장하게 될 때 다른 부분도 같이 성장해야 탈이 없는 법인데 아무래도 감정은 마음은 한곳에 머물러서 같이 성장하지 못했고 사람들과의 인간관계를 유지하는 방법이나 일을 열심히 하는 방법 같은 삶을 살아가기 위한 필요에 의한 방법들이 많은 성장을 했던 건가 봐.

그래, 생각과 행동이 일치해야 삶을 살아가는데 탈이 생기지 않는 법인데 난 그것을 모른척했고 돌보지 못했으며 그냥 언젠가는 괜찮아지겠지라는 의미 없고 막연한 생각을 했던 거야. 사람이 참 웃긴 게 난 대책이 없는 사람이 싫고 그렇게 아무 일도 아닌 듯이 넘기는 사람이 되게 싫었는데 나도 모르게 내가 그런 행동을 해왔던 거야. 내가 싫어하는 행동과 생각을 나 자신이 해왔던 거지 결국 나 자신을 제대로 돌보지 못했고 남 탓을 해왔던 거야. 남 탓이라는 게 내가 싫어하는 행동을 남이 했을 때는 되게 싫은데 정작 그 싫어하는 행동을 내가 했을 때는 허락이 된다는 게 그게 바로 남 탓을 하며 살아가는 게 아닐까.

그래서 난 한 번 다시 생각해 봤어 내가 나 자신에게 괜찮다며 넘겼던 행동을 그리고 생각을 남에게 그렇게 하면 안 된다고 강요하지는 않았던지 물론 그게 맞게 생각하고 올바른 행동이었을 수도 있지만 결국 나 자신은 그렇게 하지 못해놓고는 남에게 그게 올바른 행동이라고 맞는 생각이라고 강요했던 것은 과연 옳은 행동이고 맞는 생각일까, 나 자신조차도 생각과 행동이 일치하지 못했는데 나조차도 할 수 없었던 것을 다른 사람에게 바라고 다른 사람에게 강요했다니 참, 사람은 재밌는 것 같아. 정말 왜 그리도 나 자신을 제대로 알지 못하는 삶을 살았을까 난 나 자신을 잘 알고 있다고 생각했는데 그렇게 너무 자신하며 살아왔는데 내 마음은 내 감정은 나 자신이 얼마나 한심해 보이고 웃겼을까.

결국, 내 마음은 내 감정은 가만히 지켜보고만 있다가 더는 안 되겠다 싶었는지 스스로 내가 가진 생각과 행동을 일치시켜보려고 그렇게 애를 썼던 것 같아. 그래서 난 이때까지 경험하지 못했던 일들을 겪었을 때 아무것도 할 수 없었는데 그 와중에도 감정과 마음은 본인을 지키려고 그리고 주인을 지키려고 그렇게 애를 썼나 봐 제발 감정의 주인이 마음의 주인이 자기를 돌아볼 수 있는 시간을 인정할 수 있는 나날을 보냈으면 하는 마음으로 말이야.

난 그렇게 해서 조금은 달라질 수 있는 하루를 보내게 되었어. 오늘을 살아갈 때 내가 진정으로 원하는 일을 하게 되었지 남을 위한 일도 아니고 가족에게 인정을 받기 위한 일도 아닌 온전히 내가 나에게 주는 날을 보내게 되었던 거야. 내가 살아가야 하는데 하루라도 더 빨리 좋아져야 하는데 대체 언제까지 남을 위한 삶을 살아갈 꺼냐며 나를 다그치던 마음은 그제야 조금은 편해질 수 있었고 수많은 생각이 밀려 들어와 나를 피곤하고 지치게 했던 날들은 이제는 조금은 정리할 수 있게 되었어. 인정하고 다독이고 다스릴 수 있는 나날들을 보내게 되니까 정말 몸도 마음도 편해지고 웃고 싶을 때 웃게 되니까 사람이 되게 행복해지더라고 행복하지 않고 싶어도 행복해지더라.

인정하지 않으려 했던 지난날들은 그렇게도 불안하고 우울하고 아팠는데 인정해보려고 하니까 마치 기다렸다는 듯이 나를 반겨주고 나와 친하게 지내자고 하는 그 감정들과 생각들은 행복하지 않으려 해도 행복할 수밖에 없는 거야. 매번 입으로 행복을 말해봤자 내가 진정으로 행복하지는 않다는 거야. 입으로 행복을 말해봤자 행동으로 행복을 표현하지 않으면 그 누구도 모르고 행복을 행동으로 표현해봤자 입으로 행복을 말하지 않으면 알지 못하는 듯이. 생각과 행동이 일치해야 하듯이 말과 행동도 일치해야 하는 거야. 난 행복을 말하는데 행동은 그게 아니면 대체 누가 나를 보고 행복하다고 하겠으며 난 행복을 행동으로 표현하는데 입으로는 다른 것을 말한다면 대체 누가 그걸 보고 행복하다고 알아볼까. 그러니 오늘이 어제보다 더 행복한 이유는 생각과 행동이 말과 행동이 어제보다 일치하기 때문이야. 오늘은 행복을 말하며 행복을 행동으로 표현하며 보내고 싶어. 너도 그럴 수 있을 거야. 행복은 항상 곁에 있기 마련이거든 없어지지 않는 하나의 감정이라고나 할까.

오늘은 어제보다 조금은 더 편해진 것 같아. 침대에 누워있는 시간도 어제보다 조금은 더 줄었고 일주일에 한 번만 밖에 나갔다면 요즘에는 하루는 병원을 가고 하루는 교회를 가고 하루는 친구들을 만나거나 상담을 받는 중이야. 아프지 않다고 생각했던 어제가 더 힘들었는데 이제는 난 남들과 조금은 다르고 조금은 아프다고 인정하게 되니까 아프지 않다고 생각했던 어제보다 덜 힘들고 덜 아픈 것 같아. 우울과 두려움과 친구가 되니까 다른 감정들도 자연스럽게 나와 친구가 되어서 나를 인정해주고 감싸 안아주는 그런 기분이야. 지금은 가족들도 나를 더 아껴주고 사랑해주고 있어 물론 아직도 의사소통이 힘들어 아무래도 우리 가족들은 다들 비슷해서 그럴 거야. 그리고 가족들조차도 가족이 구성되기 전에는 서로 다른 인생을 살아왔는데 그렇게 쉽게 생각과 행동이 일치되리라는 생각은 하지 않아. 왜냐하면, 우리 가족들은 가족이 구성된 후에도 서로가 힘들었고 아픈 인생을 겪었기 때문에 그래서 다른 가족들보다 조금은 더 느리기 때문에 어쩔 수 없어.

그래도 요즘에는 조금은 더 나아진 것 같아. 서로서로 말을 들어주려고 하고 이제는 중간자 역할을 하는 사람도 생겼거든 내가 가장 말을 많이 하는 사람은 어머니야 원래는 난 그 누구하고도 이야기를 잘 하지는 않았어. 요즘에야 어머니하고 많은 이야기를 해 내가 상담을 받을 때 무슨 이야기를 했는지 같은 이야기부터 시작해서 많은 사소한 이야기들 말이야. 물론 지금도 말하지 않는 것은 상당히 많은데 그래도 많이 발전한 것 같아. 마치 내가 친구에게 말하듯이 글을 쓰는 것처럼 어머니와 말을 할 때도 예의는 차리지만 친한 친구에게 말하듯이 이야기하는 것 같아. 그래서 가족들이 더 편해진 건지도 모르겠어.

어머니 다음으로는 작은 누나와 이야기를 많이 하는데 작은 누나는 중간자의 역할을 확실히 잘해주는 것 같아. 아무래도 작은 누나도 많이 좋아진 것 같아 원래 작은 누나도 중간자의 역할을 할 만한 사람은 아니었는데 말이야. 아무래도 좋은 사람을 만나고 사랑하는 것도 한몫하는 것 같고 누나가 살아온 삶이 헛되지 않았다는 의미도 되겠지 큰누나는 그냥 필요한 이야기가 있으면 하는 것 같고 아버지하고는 이야기를 안 해 아무래도 아직은 좀 힘든 것 같아. 그래도 나도 조금은 더 편해지려고 하고 있어 가족들이 조금씩 변해가는 것 같이 나도 가족들에게 좋은 막내가 되려고 하는 중이야.

물론 다들 힘들겠지만 서로서로 사랑하고 위하는 마음이 크기 때문에 5년 뒤에는 10년 뒤에는 좋은 가족이 되어 있을 거야. 이제 가족의 의미를 알게 되었고 가족에 대한 걱정 따위는 하지 않게 되었어. 지금은 나 자신에 대한 걱정을 하는 것조차도 힘들기 때문에 그럴 수도 있겠지만 그래도 가족이 편해졌다는 것 자체가 행복인 거겠지. 물론 아직도 이런 생각은 가지고 있어 내가 어렸을 때 했던 방황이나 좋지 않은 행동들이 가족들에게 상처나 피해를 줬다는 그런 막연하고도 의미 없는 죄책감 혹은 자책감 같은 것 말이야. 아무래도 이건 쉽게 사라지지는 않을 것 같아 내가 정말로 잘못했다고 잘못 살았다고 생각하기 때문인 걸까. 그래도 어제보다 오늘은 조금은 더 자유로워졌으니 금방 나아질 수 있겠지.

그래 어제보다 행복해졌으면 해. 나도 가족들도 내 친구들도 힘들었던 모든 나날이 이제는 지나갔으니까 훌훌 털어버리고 조금은 행복해졌으면 해 그렇게 하려고 난 조금은 더 좋은 글을 써보려고 해 한 사람이라도 자유로워지고 행복을 알아갔으면 하는 그런 마음으로 말이야. 어제는 남을 위한 삶을 살기 위해 노력했다면 이제는 나를 위한 삶을 살기 위해 노력하는 것처럼 내가 좋아지려면 내 주위의 소중한 사람들도 좋아져야 해서 요즘에는 그걸 가지고 기도하는 것 같아. 물론 내 삶도 중요하지만 내 이 짧고 짧은 좋은 인생을 같이 살아가야 할 사람들도 분명히 필요하니까 말이야. 이 짧은 인생에 혼자만 있다면 얼마나 슬프겠냐는 생각도 덤으로 하고는 있지만 혼자가 아니라는 걸 분명히 알고 있기 때문에 난 오늘도 살아가고 있어.

마치 어제는 이 세상에 나 혼자뿐이고 아무도 없을 거라는 생각을 했다면 오늘의 나는 이 세상에 나 혼자밖에 없다면 정말 슬플 거라는 생각을 하고 있으니까. 사람이 이렇게 편안해지는 과정을 겪다 보니까 저절로 행복해지는 것 같아. 행복해지지 않으려고 해도 행복해지는 이 기분을 느껴보니까 다시는 예전으로 돌아가고 싶지 않아. 난 오늘을 살아가고 있고 또 내일을 기대하면서 항상 내 마음속에 있는 우울과 두려움을 인생의 동반자로 생각하며 보낼 거야. 그리고 내 주변에 있는 가족들 그리고 친구들을 소중하게 생각하며 하루를 보내겠지. 마치 어제는 지나갔고 오늘은 다시 돌아오지 않을 사람처럼 하루를 보내게 될 거야.

안녕, 이름 모를 행복아, 오늘도 살아가자.

내일의 기록

—

사실 내일이 어떨지는 나도 잘 몰라 그냥 난 지금을 살아갈 뿐이지 내일 내가 무엇을 하고 있을지는 그렇게 궁금하지는 않아. 왜냐하면, 난 내가 할 수 있는 일을 찾아서 하고 있을 것 같거든 그렇게 바라고 바라왔던 일 중에 하나쯤은 하고 있을 거라고 생각해 내가 아무리 우울을 가지고 태어났고 두려움을 가지고 태어났다고 하더라도 난 지금까지 내가 살아온 나날들이 헛되지는 않을 거라고 확신하니까. 그러니까 지금의 나는 다시는 포기하지는 않을 거라는 거야. 내가 색약을 물려받아서 항공정비사를 포기했지만, 또 건강상의 이유로 해군 부사관을 포기했지만 그건 이미 지나간 이야기일 뿐이야. 난 아주 소중한 지금을 살아가고 있고 새로운 길을 만나서 많은 길잡이와 그 길을 걸어가고 있으니까 말이야. 5년 뒤에는 내가 지금보다 조금은 더 행복하게 웃고 있을 것 같은 확신이 있으니까.

그리고 10년 뒤에는 사랑이라는 단어를 말할 수 있는 사람을 만나서 조금 더 행복하게 웃고 있을 것 같아. 어제의 나는 우울하고 두려움에 묻혀 살았고 오늘의 나는 죄책감에 묻혀 살았다면 지금의 나는 지금의 행복을 바라보며 살아가고 있어. 그렇게 옛것은 이미 버렸고 예전의 모든 일은 이미 지나버렸으니까 난 지금에 충실하고 내일에 충실한 삶을 살아갈 거야. 노력이라는 말은 이미 한쪽에 던져뒀고 이제는 노력이라는 말보다는 즐겁게, 행복하게라는 말이 더 좋은 것 같아. 그렇게 지금까지 수없이 노력을 해왔는데 1~2년 정도는 노력이라는 단어를 사용하지 않아도 되지 않을까. 지금은 삶을 즐기는 것도 휴식을 즐기는 것도 행복한 일상을 보내는 것도 노력한다기 보다는 당연한 것을 하는 중이니까.

　그러니 우리는 내일을 위해서 지금을 즐기고 현재를 살아가 보도록 하자 굳이 쉬어가는 나날에도 노력할 필요는 없어 긍정적인 단어가 나에게 긍정적인 삶을 만들어 주는 것도 아니고 긍정적인 생각을 만들어 주는 것도 아니야. 오히려 내가 지금 힘들고 쉬지 못했다면 긍정적인 단어를 들어도 불행한 것은 마찬가지거든 그러니 너의 삶에 필요한 단어를 찾아보는 것도 좋을 것 같아. 이 지나가는 소중한 나날들을 네 기억 속에 적어두고 추억이라는 사진을 찍어서 보관해 두는 것처럼 우리의 인생에 마지막까지 나에게 힘을 줄 수 있는 단어를 찾아보도록 해.

　아무래도 난 내일도 열심히 글을 쓰고 있을 것 같아. 글은 나에게 감정을 표현하는 하나의 수단이고 이때까지 하지 못했던 이야기들을 적어 내리는 마음을 치료하는 하나의 과정이니까. 아마 어떤 사람들은 운동하거나 길을 걷거나 사람들을 만나러 다니면서 본인이 받은 스트레스나 걱정과 고민을 떨쳐내려고 할 거야. 아니면 사진을 찍으면서 많은 감정을 비워낼 수도 있겠지. 그렇게 본인에게 필요한 감정을 배출할 수단이나 마음을 치료할 수 있는 과정을 만들어 나간다는 것은 인생에 있어서 아주 중요한 일인 것 같아. 때론 내가 그 모든 것들을 풀어나가는 과정을 이해하지 못하는 사람들이 있는데 이해하려고 하지 마. 자기 자신도 제대로 이해하지 못하는 게 사람인데 대체 주변에 있는 사람들을 왜 이해하려고 그렇게 노력을 하는 거야. 그렇게 이해하고 싶으면 먼저 너 자신부터 이해하고 그다음에는 네 가족을 이해하려고 하는 게 더 좋을 거야. 어차피 이해하지 못하고 금방 포기해버리겠지만 말이야.

　사람들은 서로가 틀린 게 아니라 다른 거야. 어떤 사람들은 다른 사람들에게 그건 틀렸어라고 말을 하던데 지금 그렇게 말하고 있는 네 행동이 틀린 행동이야. 살아온 세월도 다르고 겪어온 경험도 다른데 왜 그걸 굳이 입 밖으로 꺼내가면서 틀렸다고 말을 하는지 참, 사람은 본인을 제대로 알아보지 못한다는 게 맞는 것 같아. 지금도 다른 사람들을 보면서 틀렸다고 말하는 사람들은 제발 그 말을 하는 자신의 모습을 거울로 한 번쯤은 봐보길 바라. 어떤 사람이 잘못된 행동을 하고 있다면 그 사람에게 네가 살아온 인생을 말하지 말고 네가 겪은 일들을 말하지 말고 그냥 네가 알고 있는 지식을 말해줘 왜냐하면, 그 사람은 네 인생이나 지금까지 겪어온 일들은 궁금하지도 않고 그 상황에 필요하지도 않을 테니까. 네 인생이나 지금까지 겪어온 일들은 제발 그냥 네 일기장에 쓰는 건 어떨까. 그렇게 다른 사람들이 네 인생이 궁금하다고 생각한다면 나중에 책으로 내봐 그때도 사람들이 네 인생을 궁금해할지는 나도 잘 모르겠어. 그러니 제발 틀렸다는 말을 입에 달고 살지 말아줘 내일부터는 우린 서로 다른 사람이니까 그걸 이해하면서 살자는 말을 해주길 바라.

　나는 이제 다시는 예전 일에 내 생각을 소비하려고 하지 않는 것 같아. 다가오는 내일을 생각하는 것만 해도 벅찬데 굳이 지나간 일에 내 생각을 소비하려고 하는 게 이제는 다시는 의미가 없다고 생각해서일까. 참, 사람은 재미있는 것 같아 예전 일을 생각하면 계속해서 지나간 일만 생각하게 돼서 결국엔 우울해지고 두려운 생각만 나고 그게 지나가면 죄책감이 들어서 내가 대체 왜 그랬지 라는 생각만 하게 되니까 말이야. 그런데 내일을 생각하다 보면 조금 희망적인 생각이 흘러나와 물론 우울한 것도 두려운 것도 사라지지는 않고 아직도 넘쳐흐르긴 하는데 죄책감이라는 감정은 점점 사라져 가는 것 같아. 아무래도 예전 일은 이미 지나간 일이고 예전에 겪었던 실패는 이미 나에겐 앞으로 나아갈 길에 뿌릴 거름 같은 거라고 생각해서 그런 걸까.

예전의 일도 지나간 모든 기억도 그리고 그 중간마다 겪었던 실패들은 이미 거름이 되어 버렸어. 내가 새로운 길을 걸어갈 때 주변에 뿌릴 하나의 거름 같은 존재가 되어 버렸지. 그렇게 내가 걸어간 길을 따라오는 사람들은 나중에 조금은 더 행복할 거야. 내가 뿌려놓은 거름이 지금 피어나고 있는 새싹들에 양분이 되어서 아주 예쁜 꽃길을 만들어 줄 거거든. 물론 나도 한 번씩 주변을 돌아보면서 그 꽃길을 보면 행복할 것 같아. 결국엔 내가 겪었던 일들이 허무하고 의미 없는 일들은 아니었던 걸 깨닫게 될 테니까. 지금은 내가 색약이고 건강에 문제가 있다는 걸 자책하지도 않고 죄책감에 휩싸여 있지도 않아 물론 이걸 물려주신 부모님들이나 조부모님들에게도 그 어떤 원망도 없어. 아, 물론 예전에 죄책감에 휩싸이고 자책감에 휩싸여 있을 때도 부모님이나 조부모님에 대해 원망은 하지 않았어.

그냥 지금 내 존재 자체에 자책감을 느끼고 난 대체 왜 그렇게 살았는지에 대한 죄책감을 느꼈을 뿐이니까 말이야. 하여튼 지금은 내 몸이 아픈 것도 항상 우울하고 항상 두렵더라도 난 어제보다 행복한 것 같아. 색약이면 뭐 어때 색을 제대로 구분하지 못하는 거지 세상에 피어나는 모든 색을 못 보는 것은 아니잖아. 그냥 일상생활에 있어서 불편한 부분은 없고 특정한 일을 할 때만 불편한 거지 정말 괜찮은 것 같아. 아. 그리고 내 몸이 아픈 것도 괜찮아 그냥 남들보다 병원 더 자주 가면 되고 어렸을 때부터 열심히 관리하다 보면 평범하게는 살 수 있을 테니까. 그리고 항상 우울한 거나 무슨 일을 할 때 불안하고 두려운 것도 괜찮아 우울은 잘 관리 하면 되고 불안하고 두려운 것은 계획을 철저히 세우고 대안도 만들면서 살아가면 되니까.

그냥 남들보다 조금 귀찮을 뿐이야. 그런데 지금은 이게 행복해 남들과 다른 부분이 있다는 건 특별하다는 거니까. 뭐. 이런 말을 들으면 어떤 사람들은 이상하다고 생각하거나 이해하지 못하겠지만 아까도 내가 말했듯이 다른 사람을 이해하려고 하지 마. 사랑하는 사람도 평생을 같이 살아온 사람도 이해하지 못하는 게 바로 사람인데 이 정도의 이야기를 듣고 남을 이해하려고 노력하지 마. 그냥 난 나대로 살아가는 거고 넌 너대로 살아가는 거야 그렇게 우리들이 각자의 인생을 살아가면서 지금의 세상은 유지될 수 있는 거니까. 남들한테 피해를 주지만 않으면 돼 지금 내가 하는 행동이나 말이 그리고 네가 하는 행동이나 말이 남들에게 피해를 주거나 상처를 주지만 않으면 되는 거야. 그렇게 어렵게 생각하면서 살려고 하지 마 그냥 물처럼 유유히 흘러가는 삶을 살아봐.

그래, 난 남들보다 귀찮고 힘들 수는 있겠지만 내가 괜찮다는데 무슨 상관이 있겠어. 그냥 남들보다 늦게 자고 일찍 일어나면 되는 거고 남들보다 빨리 준비하고 빨리 출발하면 되는 거야 어렵게 생각할 필요는 없어 왜냐하면 난 이렇게 살면서도 날 위한 시간을 보내고 있으니까 말이야. 아주 평범한 일상을 살아가면서 아주 평범한 시간을 보내면서 나를 다스리고 알아가고 내가 가진 우울이나 두려움과 친구가 되어가는 과정을 보내고 있으니까. 이제 다시는 힘들다고 생각하지 않아 그냥 이 과정마저도 즐기면서 살아가고 있으니까. 예전에는 언제쯤이면 이 우울이 사라질까 두려움이 없어질까 전전긍긍하면서 살아왔는데 지금은 우울도 두려움도 친구가 되어버려서 정말 재미있는 하루를 보내고 있어.

뭐 가끔은 밥 먹는 양이 삼 분의 일로 줄어들거나 갑자기 두 세배 정도로 늘어날 때도 있고 잠을 자는 시간이 4시간 정도 줄어들거나 아니면 갑자기 잠을 자는 시간이 4시간 정도 늘어나기도 하지만 어색하지도 않고 슬프지도 않고 힘들지도 않아 그냥 지금은 아, 그래 드디어 찾아 왔나 보네 라는 생각을 하면서 지금을 즐기고 있어. 뭐 밥 먹는 양이 줄어들면 아 당분간은 살 좀 빠지겠구나. 운동하는 양을 조금 줄여도 되겠네. 라는 생각을 하고 밥 먹는 양이 갑자기 많아지면 운동하는 양을 늘려야겠구나. 라는 생각을 하니까 말이야. 잠이 적어지면 글 쓰는 시간을 더 늘리면 되고 잠이 많아지면 글 쓰는 시간을 줄이면 되니까. 그냥 지금을 즐기고 있는 중이야.

뭐, 난 항상 귀찮고 아무것도 하기 싫고 요즘엔 집중도 잘 안 되는 것 같아. 그런데 신기하게도 글을 쓰거나 소중한 사람들과 같이 있거나 같이 행복한 시간을 보낼 때는 그렇게도 집중이 잘 되더라고. 아무래도 내 마음도 내 감정도 그때만큼은 내 말을 들어주려고 노력하는지도 모르지 지금 이 시간을 즐기고 행복하게 보내라는 것 같아. 책 읽는 것도 텔레비전을 보는 것도 우체국에 가서 택배를 보내는 것 같이 뭔가 집중을 해야 하는 일이 생기면 난 되게 긴장을 하고는 해 생각이 너무 많아져서 말하는 것도 잘 안 들릴 때도 있고 기억이 잘 안 날 때도 있거든 그리고 글을 쓸 때도 옆에서 누군가가 이야기를 하고 있으면 집중이 잘 안 되기는 해.

예전에는 한 번에 여러 가지 일을 할 수 있었는데 요즘에는 한 번에 두 가지 일을 하는 게 최대인 것 같아. 집 밖에서도 집 안에서도 항상 긴장하고 불안하고 우울한 사람이지만 그래도 지금을 즐기고 행복한 삶을 살아가고 있어. 왜냐하면, 난 오늘도 행복하니까 그리고 내일도 행복할 거니까. 어제보다 오늘은 조금은 더 웃을 수 있을 테니까. 뭐 남들보다는 힘들겠지 그건 당연한 이야기야. 밖에 나가서 누군가의 말을 들으면 더 집중해서 들어야 하고 제대로 듣지 못했다면 한 두 번은 더 물어봐야 하겠지만 그래도 그것마저도 이제는 즐거운 일이라고 생각할 수 있을 테니까.

어떤 사람들은 의아해할 거야 멀쩡하게 생겼고 운동도 잘할 것 같은 체격을 가졌는데 대체 어디가 아프고 항상 우울하고 두려움을 가지고 사는지 궁금할 거야. 그런 사람들에게 나는 한마디 말을 해주고 싶어. 난 내가 지금 할 수 있는 대로 살아왔고 또 살아가고 있으니까 그냥 조용히 옆에서 응원해주길 바란다고 말이야. 그리고 나와 같은 사람들이 주변에 있다면 제발 그 사람에게 의미 없는 칭찬이나 교훈이나 조언 같은 것들을 하지 말아줘 그냥 그 사람의 이야기를 들어주길 바라. 만약에 그 사람을 책임질 수 없다면 애초에 그냥 아무것도 안 하는 게 그 사람을 도와주는 일이야. 그냥 옆에서 가만히 지켜봐 주고 바라봐주기만 해줘 그게 그 사람이 바라는 일일 수도 있으니까.

내일이 오는 날 조금은 더 행복해지겠지.

나의 기록

—

오늘은 마치 머리가 텅 비어 있는 느낌이야. 아무 생각도 없고 그냥 아무 감정도 느껴지지 않는 뭔가를 생각하려고 하면 커다란 벽이 앞에서 막고 있는 그런 느낌이야. 눈은 저절로 감기려고 하고 생각은 혼자서 사라지려고 하는 것 같은 말로 표현하기도 힘든 것 같아. 항상 생각이 넘쳐흐르던 내 머릿속에서 생각이 없어져 버리니까 오히려 어색하기도 하고 힘든 것 같아. 그래서 생각을 해보려고 머리를 감싸 안고 하루를 보냈는데 생각이 사라졌다고 걱정을 할 필요가 없더라고 없어진 줄 알았던 생각은 기다렸다는 듯이 흘러나오더라.

그냥 사탕 한 개나 초콜릿 하나를 먹으니까 갑자기 생각이 넘쳐 흘러나 역시 그냥 당이 떨어졌던 것뿐일까. 아마 그랬던 건가 봐 그냥 초콜릿 하나를 먹으니까 숨겨져 있던 모든 생각이 흘러 나와 내가 글을 쓰고 있는데 도움을 주고 있으니까 말이야. 나는 최근까지 내 말 앞에 항상 "사실"이라는 단어를 정말 많이 붙여서 말했었는데 요즘에는 "사실"이라는 단어를 붙여서 말하는 횟수가 확실히 줄어들었어. 아무래도 내 마음속 한곳에 머물러 있던 묵혀 있던 그 생각들을 말할 사람이 생겼고 내가 받았던 마음의 상처를 말할 수 있는 사람이 생겨서 그런 건가 봐. 아무래도 역시 사람에게는 사람이 필요한 것 같아.

내 인생에 더는 다른 사람은 필요하지 않다고 생각하면서 새로운 인간관계를 다시는 만들지 않을 거라고 다짐했는데 보기 좋게 그 다짐이 깨어져 버렸어. 역시 다짐이나 맹세 같은 것은 함부로 하는 게 아니라는 걸 다시금 깨닫게 되었고 난 오늘도 나에게 온 새로운 인간관계를 예전처럼 지키려고 노력하지는 않아. 왜냐하면, 지금의 새로운 인간관계를 맺은 사람들은 내 말을 들어주려고 하고 나를 이해하려고 하는 사람들이거든 물론, 지금까지 맺어왔던 인간관계도 나를 행복하게 해주고 살아가게 해주는 원동력이지만 말이야. 하여튼 살아가는데 내가 아닌 다른 사람들은 꼭 필요해. 인간관계가 필요하지 않다고 모든 걸 포기하고 살아가려고 했는데 결국 예전 것을 버리고 새로운 삶을 살게 되었고 지금까지 만나왔던 사람들과는 다른 사람들을 만남으로써 회복되는 부분도 있더라. 때론 추억도 좋지만 새로움을 경험해보는 것도 좋은 것 같아.

음, 뭐라고 해야 할까. 새로운 세상과 새로운 삶을 겪게 되니까 나 자신도 새로워지는 느낌이 들었어. 뭔가를 다시 시작할 수 있는 하나의 원동력이 되었다고나 할까. 어제는 마치 무엇이든지 애써서 하려고 했다면 지금은 애를 쓰지 않아도 마치 물 흘러가듯이 할 수 있게 되었다는 말이야. 그래서 그런지 요즘 부쩍 행복이라는 단어를 많이 사용하게 되었어. 무엇을 적든지 무엇을 하든지 머릿속에 행복이라는 단어가 떠나가질 않고 머물고 있다는 거야 마치 이 세상에 행복밖에 없다는 듯이 그렇게 행복한 생각만 할 뿐이야. 어제는 행복보다는 귀찮음 혹은 피곤함뿐이었는데 거의 하루 내내 잠만 잤었는데 지금은 머릿속에 행복에 대해서 생각을 하고 있어. 정말 내 머릿속은 참 재미있는 건지 아니면 주체할 수가 없는 건지. 참 재미있어.

그래도 사람들에게 행복이라는 단어를 사용해서 위로라는 글을 써줄 수 있다는 게 너무 행복한 것 같아. 어제는 아픔이나 슬픔이라는 단어를 사용해서 위로라는 글을 써줬던 것 같은데 이제는 좋은 생각을 통해서 위로라는 글이 완성된다는 게 얼마나 좋은 일인지. 나중에 내가 내 글을 보더라도 어제보다는 더 행복할 수 있잖아. 나도 내 글을 보다 보면 신기하기도 하고 내가 이런 글을 썼었나 와 같은 생각을 하고는 해 그래도 내 글을 보다 보면 잃는 것 보다 얻어가는 게 훨씬 더 많다는 게 정말 다행이야. 최소한 다른 사람들도 내 글을 봤을 때 어제보다 조금은 더 행복할 수 있다는 거니까. 내 글을 보면서 생각을 정리하고 이해하지 못했던 본인의 생각들을 알아갈 수도 있으니까.

어제의 기억들을 점점 잊어가고 어제의 아픔들을 점점 잊어가게 되는 하루를 보내다 보니까 나도 모르게 조금씩 행복해지는 것 같아. 잊으려고 노력했던 지난날이 무색해질 만큼 행복해지고 있어. 물론 지나간 날이 무의미하다는 게 아니야. 복잡하고 또 복잡했던 생각들이 하나씩 정리가 되어가는 느낌이니까 그래서 더 좋다는 거야.

오늘은 평소보다 잠을 더 많이 잤어. 그냥 뭐라 해야 할까? 이때까지 잠들지 못했던 날들을 대신하는 것처럼 한 번에 몰아서 잔 것 같은 느낌이야. 다른 날보다 조금은 더 개운해졌고 슬픈 생각이나 힘든 생각들이 사라지고 거기에 새로운 생각들이 입혀졌어. 어제의 느낌을 그림으로 표현하자면 창 없는 집 안에 혼자 있는 느낌이었다면 지금은 창이 생긴 집안에서 창밖에 비친 달빛을 보면서 혼자 앉아있는 느낌이라고 해야 할까. 뭐, 별다를 건 없는데 그냥 집에 창문이 생겼다는 게 달라진 점이라고 해야 하나 물론 아직 누군가를 내 집안에 데려오고 싶다는 생각은 없어 그냥 혼자 쉬어가고 싶은 생각뿐이야. 길지 않은 나날이 지난다면 이 집 안에는 소중한 사람들이 같이 함께 있겠지.

평소보다 잠을 더 많이 자게 되니까 어지러웠던 생각이 조금씩 정리되고 다른 날보다 천천히 생각이 나는 것 같아. 평소에는 생각이 정리가 잘 안 되고 파도처럼 밀려왔다면 지금은 잔잔한 호수에 생각이라는 꽃들이 천천히 피어나고 있는 느낌이라고 하는 게 맞을 것 같아. 근데 잠을 아무리 많이 잤어도 개운한 느낌은 들지는 않아 오히려 더 피곤하다고 해야 하는 게 맞을 수도 있어. 아마도 개운하게 잠을 잤던 걸 기억해보자면 손가락 다섯 개면 충분히 셀 수 있으니까 잠을 잘 때마다 매번 꿈을 꾸고 자주 깨다 보니까 아무래도 개운하게 잠을 잘 수는 없는 거겠지. 뭐, 그래도 나쁘지는 않아 지금까지 이렇게 살아왔는데 오히려 자고 일어났을 때 개운한 느낌이 든다면 그게 더 이상할 것 같아.

그냥 이렇게 살아가는 게 더 편한 것 같아. 이렇게 평범한 일상에 뭔가 새로운 일이 생긴다면 그게 더 불편할 것 같은 느낌이야. 때로는 난 왜 이렇게 살아야 할까, 난 평생을 이렇게 살아야 할까 와 같은 생각을 하고는 했는데 지나고 생각해보니 정말 무의미했던 생각이었던 걸 깨닫게 되었지. 남들과 다른 게 틀린 게 아니고 남들과 다른 게 이상한 게 아니고 남들과 다른 건 특별하다는 생각을 하다 보니까 그때 했던 그 생각들이 진짜 무의미하게 느껴지더라.

지금을 간직할 수 있다는 것 그 자체가 너무 행복해. 다른 날보다 더 행복하고 더 즐거운 나날을 보낼 수가 있어. 그냥 마음을 편하게 먹고 생각을 천천히 정리하면서 살아가다 보니까. 불편했던 삶이 점점 평안해지고 즐거워진다는 거야. 아무래도 난 계속 이렇게 살아가야 하는 건가 봐 조금씩 달라지려고 하기는 하겠지만 그래도 지금은 이게 너무 행복해 내가 살아있는 기분을 느낄 수 있게 되니까.

오늘은 평소보다 더 일찍 일어났어. 자주 먹지 않았던 아침밥을 챙겨먹었고 어제와 다르게 잠을 조금 잤지. 그리고 갑자기 버터 간장 달걀밥을 먹고 싶어서 아침밥을 먹자마자 바로 점심을 먹을 준비를 했어. 아무래도 너무 일찍 준비했는지 시간은 낮 12시가 되기도 전이더라. 역시 그래도 버터 간장 달걀밥은 너무 맛있는 것 같아 어머니가 해주신 김치찌개랑 같이 먹으니까 더 맛있더라. 정말 이런 평범한 나날이 계속되는 게 너무 행복해 물론 내 감정과 마음은 매일 매일 달라지기는 하지만 그래도 내가 바랐던 평범한 나날들과 함께여서 더 심해지지는 않으니까. 마치 삶이란 오늘 내가 만든 간장 양념 같아 첫맛은 약간 짜고 중간마다 매운 고추와 같은 맛이 느껴지고 끝은 다디단 맛이 느껴지는 것처럼 말이야. 그렇게 삶에는 우리가 살면서 맛볼 수 있는 모든 맛이 존재하는 것 같아.

음, 아무래도 어떤 사람들은 다디단 인생만을 원하는 것 같기도 한데 우리가 사는 삶이 달기만 하다면 대체 어떤 의미로 살아갈 수 있을까. 이건 마치 내가 오늘 만든 간장 양념에 다디단 맛만 존재하는 것과 같은 느낌인 거야. 간장 양념에도 짠맛이나 매운맛 단맛 때로는 쓴맛도 존재하기 때문에 그렇게 입이 즐겁고 행복한 건데 우리가 사는 인생에 단맛만 있다면 과연 그게 즐겁고 행복할까.

지금까지 살아왔던 인생에 짠맛만 있었다거나 쓴맛만 존재했다면 이제 다가올 인생에는 매운맛도 존재할 거고 단맛도 존재할 거야. 그리고 그 인생을 즐기고 행복한 마음으로 보내는 것은 내가 어떻게 하느냐에 따라 달라지겠지. 사람이 살아가는 인생을 간장 양념에 비유하는 게 너무 웃기고 어이없기는 하겠지만 그래도 어쩌겠어. 이렇게라도 해야 무엇이든 이해하려고 하는 사람들이 이해할 수 있을 테니까. 무엇이든 이해하려고 하는 사람들은 어려운 말보다는 그냥 일상생활에서 볼 수 있는 것들로 비유를 하면 더 잘 이해할 수 있을 테니까.

하여튼 오늘은 어제 했던 의미 없는 걱정보다는 행복한 생각만 하려고 해 하루를 좋지 않은 생각으로 보냈다면 하루는 좋은 생각으로 보내야 감정의 저울이 한쪽으로 기울지 않고 평행을 유지할 수 있을 테니까. 그리고 오늘 먹었던 버터 간장 달걀밥은 잊을 수 없을 것 같아 지금껏 먹었던 것 중에 다섯 손가

락에 꼽을 정도로 맛있는 것은 물론이고 기억에 남을 잊을 수 없는 하나의 추억이니까. 지금껏 묵혀왔던 모든 걱정이 싹 씻겨 내려가는 그런 느낌이니까. 그래, 이제 가끔은 이렇게 의미 있는 날들을 보내면서 새로운 추억들을 만들어가는 게 좋을 것 같아. 남들이 하찮게 느낄 수 있는 것이 바로 나에게는 큰 추억과 행복이 될 수도 있으니까.

　너도 한 번 이렇게 평범한 일상 속에서 소중한 추억을 만들어 보는 것은 어떨까. 한 번 생각해봐. 네가 아무렇지 않게 했던 당연한 일들에 조금의 의미를 새겨보는 거야. 화장하는 순서에 의미를 둬서 지겹게 했던 화장을 재미있게 해보거나 의무감을 느끼고 했던 일에 박자감을 줘서 마치 노래를 부르는 것처럼 해보거나 아니면 어제 들었던 노래가 발라드와 같은 조용하고 서정적인 노래라면 오늘은 힙합이나 댄스 같은 신나는 노래를 들으며 시작해 보는 것도 좋을 거야. 나 같은 경우에는 샤워할 때 매번 하는 순서를 섞어서 하거나 매번 잠을 자고 일어나는 시간을 다르게 해본다거나 와 같은 사소하고 의미 있는 행동을 하고 있어. 물론 규칙적인 삶을 살고 규칙적이게 살아야 건강하긴 하겠지만 매번 지겨운 이런 일상의 규칙을 바꾸어 보는 것도 행복을 찾는 하나의 방법이겠지.

　나처럼 살아간다는 게 무조건 좋은 방법은 아니야 그리고 사람마다 살아가는 방법도 다르고 살아온 방식도 다르기 때문에 그 누구의 말을 의미 있게 들을 필요도 없고 꼭 이렇게 한번 해보자는 것과 같이 생각할 필요는 없어. 그저 지금 내가 살아가는 방식에서 조금의 변화를 줌으로써 얻을 수 있는 것은 생각보다 크다는 거야. 살아보지 못했던 방식으로 사는 게 힘들거나 포기해야 하는 게 많다면 그저 작은 변화를 줌으로써 작은 행복을 받을 수 있는 걸 경험해봤으면 해.

　　　　　　　　때론 작은 변화가 행복을 불러오기도 해.

나에게 해주고 싶은 말

—

오늘도 별다를 게 없이 평범한 날이 시작될 거야. 물론 어제보다는 더 행복한 하루겠지만 말이야. 그러니까 다시는 자책하지도 말고 죄책감에 묻혀 살지도 마 지금까지 네가 해왔던 모든 일을 헛되이 보내려고 하지 마. 물론 넌 지금까지도 충분히 잘해왔고 끊임없는 노력을 했으니까 인생의 쉼표를 즐길만한 사람이야. 너에게 온 인생의 쉼표를 즐길 수 있는 사람이 되길 바라 그게 바로 슬펐던 어제의 너에게 힘들었던 오늘의 너에게 줄 수 있는 하나의 선물이니까. 사실 별다른 말을 해주는 것보다 그냥 바라봐주는 게 제일 좋은 것 같아 이것저것 말해봤자 생각만 많아질 테고 걱정만 많아질 테니까. 지금 걸어가는 그 길이 남들이 봤을 때는 아무것도 없고 부족하고 힘들어 보이는 길이겠지만 그래도 걱정하지는 마 너를 도와줄 사람들이 차고 넘칠 테니까.

사실 걱정하라는 말보다는 조금은 더 행복하게 하루를 보냈으면 한다는 말을 해주고 싶어 지금까지 넌 무슨 일이든 최선을 다해서 노력하려고 했고 그렇게 하다 보니까 좌절이나 절망이 다가오고 실패를 맛보았을 때 넌 무너질 수밖에 없었으니까. 그러니 지금을 즐기고 지금의 행복을 맛볼 줄 아는 사람이 되길 바라 넌 충분히 그럴만한 자격이 있으니까. 넌 지금의 인생을 편하게 즐길 수 있는 사람이야 지금 쉬어간다고 해서 남들보다 뒤처지는 것도 아니고 남들보다 안 좋은 인생을 사는 것도 아닐 거야. 그저 넌 지금은 쉬어가야 할 순간을 보내고 있으니까. 요즘에도 넌 항상 우울하고 항상 두렵겠지만 그래도 자책하지 말고 죄책감을 느끼고 살지는 마.

그리고 다시는 행복하려고 노력하지 마 지금껏 매번 무슨 일을 하든지 노력했는데 행복하려고 하는 것도 노력한다면 얼마나 슬퍼질지 나도 모르겠으니까. 그러니 조금은 더 편한 마음으로 하루를 시작하고 보내도록 하자 마음을 편하게 먹을수록 점점 더 평안한 인생을 살게 될 테니까.

오늘은 아마도 평소보다 더 잠을 많이 자는 날이 시작되겠지. 평소보다 잠을 많이 자서 아무래도 어지러웠던 머리가 조금은 정리되었을 거야. 어제는 하루 내내 머리가 아파서 뭔가에 집중하기가 어려웠다면 아무래도 오늘은 어제보다는 뭔가에 집중하기가 더 쉬워졌을 테니까. 오늘은 다른 때보다 글을 더 오랫동안 쓰는 하루가 될 거라고 생각해 평소에 한 시간 정도를 글을 쓰는 데 시간을 보냈다면 오늘은 세 시간 정도는 글을 쓰는 데 시간을 보내지 않을까. 아무래도 다른 날보다 잠을 더 많이 자서 하루의 시작이 좀 늦을 거야 그리고 중간마다 갑자기 피곤해져서 낮잠을 자는 경우도 있을 테고 말이야.

그럴 때는 당황하지 말고 그 피곤함을 즐기려고 해봐 그 피곤함마저도 너에게 행복을 줄 거라는 생각을 하면서 잠을 청해보도록 해. 평소에 하지 않았던 게임을 해보는 것도 좋을 것 같고 아니면 친구들을 만나서 같이 시간을 보내는 것도 좋을 것 같아. 그냥 하루 내내 침대에 누워서 시간을 보내는 것도 괜찮을 것 같아 아침에 일어나서 창문을 열고 들어오는 바람을 맞으며 떠다니는 구름을 보며 햇빛을 보고 다시 잠자리에 들었다가 햇빛이 조금씩 저물어가는 모습을 바라보며 오늘 밤은 어떤 달이 보일지 별이 보일지 궁금해하는 것도 좋을 것 같아. 그렇게 밤이 찾아오면 하늘을 바라보면서 또 다른 생각에 빠져서 새로운 것을 즐겨보는 것은 어떨까. 평소보다 잠이 많이 온다고 해서 좋지 않은 생각을 하지는 마.

　그냥 네 몸이 원하는 대로 해줘 물론 평소보다 잠이 많이 온다고 해서 계속 누워있지는 마 꼭 하루에 한 번씩은 밖에 나가서 시원한 바람과 함께 햇볕을 받으며 삼십 분 정도는 있어 줘야 해 그래야 다가오는 내일은 조금 더 개운한 마음으로 일어날 수 있을 거니까. 그렇게 삼십분 정도 밖에서 생각을 정리하면서 있다가 보면 아무것도 하지 않아도 행복할 거야. 그리고 한 시간 정도 네가 가장 좋아하는 노래를 들으면서 앉아서 명상을 해봐 이것도 생각을 정리하는 방법 중에 하나니까 꼭 해보는 게 좋을 거야. 그렇게 삼십 분은 밖에 나가서 생각을 정리하고 한 시간은 노래를 들으면서 명상을 했다면 또 삼십 분은 방 청소나 쓰지 않는 물건들을 정리해보는 것은 어떨까. 방이 어지러우면 네 마음도 네 생각도 어지러울 수도 있어. 그렇게 청소를 하고 난 후에는 가만히 앉아서 텔레비전을 틀어놓고 이제껏 보지 않았던 밀린 예능 방송을 보면서 차 한 잔을 해보는 것도 좋아. 그렇게 정리되어가고 있는 생각들을 몸 이곳저곳에 골고루 분배해주는 게 바로 네가 지금 마시고 있는 차 한 잔일 테니까. 그렇게 오늘도 넌 하루를 보낼 수 있어.

　또 하루가 시작되었을 거야. 오늘은 아마도 평소보다 더 잠을 못 잤을 수도 있을 거야. 평소보다 한 네 시간 정도 덜 잔 하루의 시작은 아무래도 다른 날보다는 조금은 더 힘들겠지 뭘 해도 힘은 안 날 테고 피곤하기만 할 거야. 오늘 너에게 해줄 수 있는 말은 컴퓨터 앞에 앉아서 생각을 정리하면서 글을 쓰면 좋겠다는 거야. 글 쓰는 게 힘들다면 그냥 가만히 앉아있기만 해봐 음, 멍을 때려보는 것도 좋을 것 같고 맛있는 것을 찾아서 만들어 먹어보는 것도 좋을 것 같아. 네가 저번에 해 먹었던 버터 간장 달걀밥을 만들어 먹거나 아니면 네가 좋아하는 매운 떡볶이를 만들어서 해 먹는 것도 좋지 않을까. 진짜 아무런 생각이 나지 않게 격한 운동을 하는 것도 괜찮은 방법 중에 하나야 땀이 날 정도로 운동을 하고 나서 뜨끈한 물로 다른 날보다 더 천천히 샤워를 해봐 아, 그리고 샤워를 할 때는 꼭 순서를 바꿔서 해보는 게 좋을 거야.

그렇게 네가 평소에 좋아했던 것을 만들어 먹거나 네가 평소에 했던 일들을 순서를 바꿔 가면서 하는 것처럼 너 스스로가 만들어 낼 수 있는 특별한 날을 만들어봐. 평소보다 잠을 많이 자지 못했다는 것은 네 몸과 마음이 피로하고 지쳐있다는 것일 수도 있으니까 네가 잘할 수 있는 것을 하면서 시간을 보내봐. 나처럼 요리를 해도 좋고 글을 써도 좋고 아니면 음악을 듣거나 차 한 잔을 마시는 것도 좋은 방법이야. 평소에 해 먹지 않았던 콩나물 불고기나 카레 같은 것을 해 먹는 것도 괜찮을 것 같아 그렇게 네가 가장 좋아하고 가장 평범하게 생각하는 사소한 일을 하면서 제대로 잠을 자지 못했던 하루를 의미 있게 보내보도록 해. 걷기를 좋아한다면 목적지를 정해두지 않고 얼마 정도를 걸어볼까 시간 정도만 정해두고 하염없이 걸어봐. 네가 그렇게 걸으면서 주변에 있는 풍경들을 사진으로 담아 소중한 추억으로 만드는 것도 괜찮은 방법이야.

사진을 찍어서 추억을 만드는 것도 글을 쓰는 것만큼 매력적이고 행복한 일이야. 지금 네가 할 수 있는 것을 해봐 내가 생각이 많아서 글로 내 생각을 비우는 것처럼 너는 사진을 찍으면서 네가 가진 생각을 비워보는 거야. 네가 하루하루 그렇게 기록들을 만들어가고 저장해 가면서 네가 가지고 있는 수많은 생각을 정리해 가고 네 어지러운 마음을 조금씩 다독여 주는 거야. 네가 찍어내는 사진들은 나중에 네가 봤을 때도 의미를 줄 거고 다른 사람들이 봤을 때도 의미를 주는 그런 소중한 추억이 될 거니까. 그러니 네 소중한 취미를 버리지 말고 소중히 간직해가는 하루가 되었으면 해 사진도 글도 그리고 추억도 음식도 결국엔 다 내가 행복해지려고 하는 거잖아.

그렇게 내가 행복해지면 내 마음이 행복해지면 생각이 정리된다면 내 주변에 있는 사람들에게도 내 행복을 전해줄 수 있고 내 행복한 마음을 보여줄 수가 있고 이 정리되어 가는 생각을 표현함으로 이제까지 주지 못했던 그 사랑을 전해줄 수 있을 테니까. 그러니 소중한 사람아 그렇게 수많은 날을 보냄으로 너는 한 가지를 배우고 또 알아가고 다스릴 수 있는 사람이 되었고 그렇게 행복은 너에게 한 발자국 다가왔어. 우리가 지금 하는 생각을 비워내는 행동이 남들에게 전해질 때 비로소 행복이라는 감정이 널리 퍼져나갔으면 해. 그렇게 하루가 또 지나갔어.

오늘은 과연 어떨까. 여느 날처럼 잠을 많이 자거나 아니면 평범한 날을 보내거나 잠을 적게 자는 날이 시작된 걸까. 아니면 지금까지 경험하지 못했던 새로운 의미를 주는 날이 나에게 처음으로 다가온 걸까. 오늘에 굳이 이름을 붙이자면 아무래도 특별한 날이라고 해야겠지. 이날은 평범하지도 않고 또 잠을 많이 자는 날도 아니었고 잠을 적게 자는 날도 아니었어. 뭔가 색다른 기분으로 아침을 시작했고 평소보다 늦게 일어나지도 빨리 일어나지도 않은 날이었어. 그래, 이미 특별한 날은 시작된 거야 빠르지도 늦지도 않은 적지도 많지도 않은 아침밥을 먹으면서 그렇게 색다른 점심을 기다렸어. 평소와는 다른 기분이었고 뭔가 말로 표현하기에는 어려울 것 같지만 그래도 행복한 건 변함이 없는 것 같아 생각과 행동이 일치하는 기분을 처음 느껴본 것 같아. 과연 이 기분을 언제쯤 다시 느낄 수 있을지는 모르겠지만 이 기분을 소중하게 생각하면서 내일을 기다려야 할 것 같아.

남들이 본다면 그게 뭐 그리 대수라고 라는 말을 할 게 뻔할 것 같지만 그래도 우리와 같은 사람들에게는 이 특별하다고 이름을 붙인 날이 언제쯤 다시 올지 모르는 날 인 걸 알지 못하니까 그렇게 말하는 거야. 그래서 난 오늘을 최대한 즐기려고 하는 중이야 평소와 다른 날을 보내려고 샤워하는 시간도 다른 날과 다르게 내가 하고 싶을 때 했고 밥 먹는 시간도 다른 날과는 조금 달랐어. 그리고 가장 신기했던 것은 밥을 먹는 양이 적지도 많지도 않았다는 거야 그냥 딱 적당하다는 느낌이 들 때까지 밥을 먹고 평소에 했던 모든 일과를 딱 적당한 만큼만 했어. 음, 아무래도 이 특별한 날이 당분간은 오지 않을 것 같은 생각이 밀려들어 오지만 그런 생각은 어차피 내일 해도 되니까 한 곳에 던져 버렸고 그냥 지금을 즐겼어.

되게 오랜만에 사는 게 정말 즐겁고 재밌는 것 같다고 입 밖으로 말한 것 같아. 평소와 다르게 웃는 횟수도 적당했고 감정에 예민했던 나였는데 오늘은 왠지 그 감정을 느끼는 것도 평소와 다르게 매우 적당한 느낌이 드는 거야. 아, 아무래도 너무 좋은 것 같아 이런 나날이 계속되었으면 좋겠지만 그건 내가 너무 큰 선물을 바라는 것 같으니까 그냥 1분이라도 더 이 순간을 즐기고 싶어. 모든 게 완벽하지는 않았고 모든 게 불완전하지도 않았어. 그냥 딱 적당한 느낌으로 하루를 보낼 수 있었지. 이렇게 특별한 날을 보낼 수 있는 게 너무 행복해 그리고 살아간다는 게 이렇게 행복하다는 걸 알게 된다니 아무래도 인생은 재미있나 봐. 그렇게 특별한 날은 정말 특별하게 마무리가 되었어. 그렇게 하루를 또 보냈지.

오늘은 어제보다 잠을 더 많이 자는 하루가 시작되었어. 그럼 그렇지 역시 특별한 날은 특별한 날인 이유가 있어. 그래도 난 후회하지는 않아 왜냐하면 이미 충분하게 특별한 날을 즐겼고 또 행복하게 보냈으니까 말이야. 그래서 그런지 잠을 더 많이 잤던 오늘은 왠지 더 행복한 느낌이야 이렇게 지내다가 보면 아마 5년 뒤 10년 뒤에는 특별한 날이 자주 오지 않을까 생각해 그리고 오늘도 살아가는 중이야. 한순간에 바뀔 거라고는 생각하지 않아 사람인데 어떻게 그렇게 쉽게 바뀌겠어. 그리고 아무리 짧았어도 25년 정도를 이렇게 살아왔는데 그래도 살아온 세월이 있지 쉽게 바뀌면 좀 이상한 거지.

그래도 잠을 더 많이 자는 하루를 보내는데 이런 생각을 할 수 있다는 것 자체가 이미 변화는 조금씩 시작되어 가고 있다는 거야. 아무래도 지난날에는 이런 생각도 하지 못하고 그냥 자책만 하고 내가 대체 왜 이렇게 살아야 하는 거지와 같은 의미 없는 생각들만 주야장천 해댔으니까. 그래도 조금의 변화를 겪었고 의미 있는 하루들을 보낼 수 있다는 게 행복해. 그래도 바뀌지 않는 게 한두 개쯤은 있을 것 같아 우울이나 두려움과 친구가 되었다는 거랑 내가 항상 긴장하고 있고 불안해하고 있어서 땀을 많이 흘리는 것 정도는 바뀌지는 않을 것 같아. 이 두 가지는 이미 익숙해진 것 같아 계속해서 이렇게 살아왔는데 없어지면 허전할 것 같은 느낌이야.

뭐 이 부분도 치료되고 달라지면 좋을 것 같긴 한데 그래도 평생 친구를 잃어버리면 아무래도 마음 한쪽이 허전해지고 슬픈 마음으로 한동안 힘들 것 같아. 상담을 해주는 교수님도 나에게 친구와 같은 그 부분들은 고치지 않는 게 나에게는 더 좋을 것 같다고도 말씀해주시니까 말이야. 물론 이 부분 중에서도 고쳐야 할 부분이 있다고는 하셨지만 그래도 내가 그건 너무 가혹하고 힘들 것 같다고 하시니까 그럼 어떻게 하면 편해질 수 있는지를 알아가고 있으니까. 그래도 난 오늘도 행복해 지금까지 항상 한숨을 쉬거나 매번 긴장하고 있는 내 모습에 불평불만을 하거나 우울하고 불안한 내 모습을 보고 많이 슬퍼했다면 그리고 그 모든 좋지 않은 것들을 내버려 두고 필요에 의해서 다른 사람처럼 살았다면 지금은 온전히 나로서 내 삶을 살아가고 있으니까.

내가 가지고 있는 것들을 잃어버리지도 않고 잊어버리지도 않으면서 잘 다스릴 방법과 나를 알아가는 방법을 배워가는 오늘을 보내고 있으니까 말이야.

어제는 마치 모든 것을 부정하고 애써 아닌 척하면서 살아왔다면 오늘은 온전히 나를 받아낼 수 있는 나날을 보내고 있으니까. 그러니 다시는 나 자신을 숨기지 말고 또 필요에 의해서 만들었던 내 가면에 속아서 진정한 나 자신을 잃어버리는 행동을 하지는 말자. 우린 아주 예쁘고 아름다운 마음을 가지고 있는 행복한 사람들이니까.

웃자. 웃으면서 하루를 시작하고 웃으면서 하루의 마침표를 찍도록 하자. 웃을 일만 있을 수는 없겠지만 그래도 행복해지자.

그렇게 하루를 보내도록 하자.

쉼표
—

삶은 하루의 연속이고 마지막을 바라보며 꿈을 찾아가는 여정이죠 또 우리는 반복되는 시간 속에서 수많은 행복을 찾고 또 찾느라 한 번뿐인 인생을 제대로 즐겨보지 못하고 흘려보내고 있기도 해요. 누군가에게 삶은 어둡기만 하고 짙은 향기가 뿜어져 나올 테고 또 누군가에게 삶은 저 하늘처럼 밝고 바다처럼 맑은 향기가 뿜어져 나오겠죠, 이토록 서로 다른 삶과 생각 또 서로 다른 감정의 향기를 맡으며 짧고도 긴 단 한 번뿐인 삶을 보낼 거라고 생각해요.

사실, 우린 다 똑같은 사람이긴 하지만 다 다른 삶을 살기 때문에 행복한 삶이라는 기준을 제대로 세운다는 것은 애매하죠 물질적인 부분과 정신적인 부분이 서로 균형을 맞춰야 하지만 사람이란 욕심이 많아서 정신적인 부분을 아무리 물질적인 부분에 맞춰보려고 해도 잘 맞춰지지 않아요.

물론, 그 반대로 물질적인 부분을 정신적인 부분에 맞춰보려고 해도 잘 맞춰지지 않고 점점 차이는 벌어질 뿐이죠 균형적인 삶과 규칙적인 삶을 사는 것은 상당히 힘들어요 근데 여기서 가장 의아한 것은 우리는 매일 똑같은 일상을 살아가고 있다는 거예요 매일 똑같은 아침, 점심, 저녁의 일상을 살아가고 있으면서 또 다른 균형과 규칙을 찾아가고 또 다른 행복과 기쁨을 찾아가죠.

제가 하고 싶은 말은 우리는 정말 가까이에 있는 수많은 것들을 내팽개치고 저 멀리 있는 것을 바라고 또 원하며 살아가고 있는 것은 아닐까, 의외로 우리에게 정작 필요한 것은 매우 가까이에 있는 것은 아닐까 생각해요.

　우리에게 필요한 것은 인생의 새로움보다는 인생의 쉼표 즉, 살아가는 게 너무 지쳐 힘들 때 나에게 힘을 줄 수 있는 상황과 공간과 시간이 필요한 거죠 아주 온전하고 진정한 믿음 안에서 나에게 그 무엇보다도 진한 감동을 줄 수 있는 그런 인생의 쉼표가 필요할 거예요.

언젠가 몇 번쯤은 찾아 올 인생의 쉼표를

애써 무시하지 마시고 편한 마음으로

받아들이시기를 바라며.

그렇게 잠시 동안 멈춰있다 가는 거야.

삶의 의미

—

평범한 듯 평범하지 않은 길을 걸어가는 나에게 행복은 언제쯤 찾아오는 걸까. 항상 즐거움이나 행복은 내 곁에 있지만 내가 알아보지 못 하고 느끼지 못 해서 매일 이런 기분으로 살아가는 걸까. 긍정적으로 살아가라고 하지만 예전의 나는 너무도 긍정적으로 살아왔는데도 불구하고 이렇게 돼버렸잖아. 요즘 어떻게 살고 있냐는 말을 거의 매일은 듣고 있는 것 같아 뭐 다를 것 없는 하루를 살아가 기분은 항상 똑같이 우울하고 아무것도 하기 싫은 것도 여전해. 뭐 가끔은 예전처럼 자신감이 넘칠 때도 있어.

아주 작은 실낱 같은 희망과 빛이 내가 걸어가는 길 끝에 보여 그래, 난 그걸 보면서 살아가고 있어. 나에게 진정한 믿음과 소망 그리고 사랑이 없었다면 난 아마 지금보다도 더 깊은 낭떠러지에 떨어져서 아무것도 하지 못 하고 누워만 있었겠지. 마치 깊은 물에 빠진 것 같은 기분으로 하루를 살아갔을 거야 내가 살아가는 의미가 무엇인지 내가 이 길을 걸어가야 하는 이유가 무엇인지 몰랐다면 난 살아가는 희망조차도 잃어버렸겠지.

내 뜻대로 살아가는 것이 아니라 주님 뜻대로 살아갈 때 비로소 나는 진정한 믿음과 사랑으로 지금을 살아가는 방법을 알 수 있을 거야.

그렇게 살아가겠지.

희망

—

　사람들은 희망이라는 단어를 입 밖으로 꺼내는 것을 힘들어합니다. 아무래도 이 세상에는 희망이라는 단어가 들어갈 공간이 없어서 그럴까요. 아니면 희망이라는 단어 자체를 꺼낼 힘조차 없기 때문인가요. 사실, 희망이라는 단어가 들어갈 공간은 차고 넘칠 정도로 많아요 하지만 우리가 세상을 살아가면서 희망을 잃어버리고 소망을 잊어버리고 살아가기 때문에 점점 그 단어들이 중심을 잡을 자리가 사라져가고 있기 때문이죠.

　희망이나 소망은 거창한 것이 아니에요 아주 작고 또 적은 것에서 시작하고 그것들이 모이고 또 모여서 크고 또 많은 것으로 바뀌게 됩니다. 지금 우리들이 하는 이 작은 날갯짓이 어떤 사람들에게는 아주 작은 희망이 될 수가 있다는 겁니다. 모르는 것보다 모른척하는 것이 더 나쁘고 아는 것보다 아는 척하는 것이 더 나쁘다고 생각해요. 우리는 희망에 대해서 모른척하는 것도 아는 척하는 것도 아니어야 합니다. 그래야 우리가 지금 전해주는 아주 작은 희망이 누군가에게는 정말 큰 희망이 될 수 있기 때문이에요. 희망을 가지고 희망을 전달하는 삶을 살아가길 바랍니다.

　　　　　　　　　　　　　희망을 전달하는 사람이 되기를.

나를 위해서

—

　바람에 끝이 없으니 우리는 항상 뭔가를 잃어버리거나 잊어버리는 것에 불안하고 두려워한다. 가지고 있는 것은 사람마다 많고 적음에 분명한 차이가 있지만 그래도 서로의 인생은 다르기 때문에 대부분의 사람들은 본인의 삶과 인생을 탓하며 현실에 타협을 하거나 불만을 가지며 살아간다. 사실, 누구나 언제든지 본인이 살아가고 있는 삶 그 자체와 인생 그 전부는 아니지만 일부를 바꿔나갈 수 있는 충분한 힘을 가지고 있는 것은 사실이다.

　하지만 지금까지 가지고 있는 것조차도 잊어버릴까 혹은 잃어버릴까 하찮은 나에게 이런 것들은 욕심이라고 생각하며 그저 애써 웃어넘겨버린다. 우리는 전혀 하찮지 않은 사람이고 또 우리의 인생은 이대로 끝낼 수 없는 아주 소중한 단 한 번뿐인 인생이며 지금 우리 앞에 있는 좁고 낮은 울타리에 가려진 인생을 사는 것은 우리가 가지고 있는 많은 희망과 소망 혹은 사랑과 믿음같이 아주 소중한 것들을 그저 바람에 휘날려 버리는 아까운 시간을 보내고 있는 것이다.

　아껴두었던 힘을 뿜어내고 감추어뒀던 날개를 활짝 펴내어 저 높은 곳으로 날아라.

저 높은 곳으로.

무너지더라도

—

하루는 넘어지고 하루는 좌절을 해도 계속해서 넘어져 있는 게 아니라 계속해서 좌절해 있는 게 아니라 훌훌 털고 일어나 세상을 보며 크게 한 번 미소를 지어주고 호탕하게 웃음소리를 내며 그렇게 살아가는 거야. 넘어져 버린 하루는 참 아프고 힘들긴 하겠지 아무것도 하기 싫고 또 계속해서 이렇게 살아가야 하는 건지 의문도 많이 생길 테지 그래도 내가 선택한 길로 계속 걸어갈 생각이라면 이 정도는 감수하고 가야 할 거야.

좌절에 무너져버린 하루는 지금까지 쌓아뒀던 모든 것들이 무너지는 느낌을 받겠지 이때는 뭘 하더라도 계속해서 무너질 거고 다시 처음부터 쌓아보려고 해도 제대로 되는 게 하나도 없을 만큼 힘든 하루를 보내게 될 거야. 하지만 우리 한 번뿐인 이 인생을 조금이라도 더 나은 삶으로 살아가려면 넘어져도 다시 일어나고 좌절을 해서 무너지더라도 다시 일어서고 그렇게 살아보는 거야.

난 이상보다는 현실을 좇아가는 사람이기는 하지만 그래도 그 어렸을 때 원했던 꿈과 지금 내가 원하는 꿈이 이루어질 수 있게 하루하루를 믿음을 잃어버리지 않고 살아가보는 거야.

다시 일어서는 거야.

나에게

—

누군가 나에게 그 길이 아니라고 해도 나는 믿음을 잃어버리지 않고 걸어가려 해, 누군가 나에게 네가 걸어간 길은 아무도 기억해주지 않을 거라고 해도 나는 믿음을 잊어버리지 않고 걸어가려고 해. 그래, 나에겐 진정으로 온전하고 참된 믿음이 있어 그래서 난 헛되지 않고 허황된 믿음이 아니라 참으로 진실한 믿음으로 내 길을 걸어가려고 해, 어떤 사람이 내 앞길을 막고 또 어떤 사람은 내 주변에서 날 힘들게 하더라도 난 인내하며 이겨낼 거야.

내가 온전한 믿음으로 굳건하게 서서 믿음의 기둥을 지키고 믿음이 넘치는 마음의 그릇을 지킨다면 날 힘들게 하는 주변의 상황이나 사람들도 결국에는 다 떠나갈 테지. 사실, 내가 잘못된 것일 수도 있어 하지만 내가 잘못된 길을 걸어간다 하더라도 진정으로 온전한 믿음을 지키고 있다면 참으로 온유하고 자유롭고 나를 사랑하시는 하나님은 날 올바른 길로 인도해주시겠지.

사람의 생각과 시야는 좁고 또 좁아서 한 치 앞도 보기 힘들다는 걸 알아, 그래서 우리는 하루도 빠짐없이 믿음을 가지고 소망을 가지고 희망을 꿈꾸며 오늘도 사랑이 넘쳐흐르는 노래를 부르며 살아가는 거야. 한없이 부족한 나를 올바른 길로 인도하실 그분을 위하여 그리고 이런 나에게 좋지 않은 말과 행동을 하는 사람들을 불쌍히 여기며 기도하는 거야. 나, 오늘도 살아가게 해달라고 또 살아갈 수 있음에 고마움을 느끼면서.

살아갈 수 있음에 감사하며.

하염없이

—

구름에 가려진 너의 미소가 세상에 다시금 비칠 때 그렇게 너는 하염없이 빛이 났다. 바다에 걸쳐진 너의 환한 빛은 내 마음에 한 줄기의 희망이 돼 나를 한없이 웃게 해주는 하나의 파도가 돼 주었다. 아아, 이리도 환하게 웃을 수 있을 것을 그리도 감추고 있었던가 아아, 이리도 환하게 빛날 수 있을 것을 아직도 어두운 곳에 있었는가 세상에 꼭 필요한 사람이었는데도 불구하고 그렇게 자기 자신을 감추고 있었는가.

구름에 비친 너의 미소가 바다에 걸쳐져 환하게 빛이 날 때 그제야, 내 눈에 보이는 그 모든 것에서 새로운 의미를 찾을 수가 있었다. 작은 모래알 하나부터 자갈이며 그보다 큰 돌이나 바위처럼 혹은 그 모든 것들을 쓰다듬으며 지나가는 바람처럼 아주 작은 것부터 큰 것까지 세상에 있는 그 모든 것에서 난 새로운 의미를 찾을 수가 있었다.

아아, 믿음은 이토록 넓고
아아, 사랑은 이토록 아름답구나.
마치, 새로운 삶을 사는 것처럼.

너에게서 빛이 난다.

꽃이 피어

—

  하늘에도 꽃이 피고 바다에도 꽃이 피고 구름에도 꽃이 핀다는 걸 알게 됐어요. 그래요, 자연은 우리가 생각했던 것보다 더 대단하고 더 많은 의미와 행복이 숨겨져 있어요 그게 아주 작은 하나의 씨앗으로 우리가 지금도 보고 있는 자연 곳곳에 심어져 있고 우리는 그게 아주 환하게 빛나는 꽃으로 피어날 때까지 열심히 돌보고 가꾸는 거죠.

  살아가다 보면 꽃은 쉽게 피어나는 것이 아니라는 걸 알게 될 거예요 정말 많은 하루가 모이고 정말 많은 경험이 모이고 그 속에서 때론 좌절과 절망이 또 때론 행복과 기쁨이 모여 아주 작은 씨앗을 천천히 성장시키고 결국엔 하나의 꽃으로 거듭나게 하죠. 이렇게 모든 것이 쉽게 이뤄지지 않는다는 걸 알게 된 이후로 세상을 보는 눈이 또 나 자신을 바라보는 눈이 달라질 거예요.

  아마도 세상 사람들에게 꽃을 피우는 방법을 알려주는 사람이 될 수 있겠죠.

세상에 향기가 되기를.

포기하는 방법

—

　포기할 줄 아는 마음과 포기하는 방법을 아는 사람의 인생은 전보다 더 행복해질 거야.

　포기할 줄 아는 마음을 가지는 것은 상당히 어렵고 포기하는 방법을 알고 배워가는 것은 훨씬 더 어렵다고 생각한다. 행복은 그 어떤 것보다도 더 가까이에 있고 그 행복이 가까이에 있다는 걸 알기 위해서는 뭔가를 포기할 줄 알아야 한다, 포기라는 것이 한두 번 하고 포기하라는 이야기가 아니라 정말 내가 가진 모든 힘과 시간을 거기에 다 집중했는데도 이루어지지 않는다면 딱 한 번쯤은 더 그 일에 도전하고 그래도 되지 않는다면 돌아서서 새로운 길을 찾아야 한다는 것이다. 그게 바로 포기할 줄 아는 마음을 키워가는 것이고 포기하는 방법을 배워가는 것이다, 포기라는 단어는 부정적인 단어가 아니고 포기를 한다고 해서 내가 부정적인 사람이 되는 것도 아니다. 할 수 있는 것과 하지 못하는 것을 애써서 붙잡으며 할 수 있다고 말하는 것은 다르고, 하지 못하는 것과 할 수 있는 것을 귀찮다고 하지 못한다고 말하는 것이 다르듯이 각자가 가지고 있는 생각도 다르긴 하겠지만 우리는 지금 가지고 있는 생각을 조금씩 천천히 바꿔가면서 살아가야 한다. 물론, 생각을 바꾸고 행동을 바꾸는 것은 너무도 어렵고 불가능할 수 있겠지만 포기할 줄 아는 마음과 포기하는 방법을 배우는 것 그게 바로 지금을 살아갈 수 있는 힘을 주고 진정한 사랑과 믿음을 시작할 수 있는 가장 기본적인 것이니까.

　　　　　　　　　　　　　　　　포기할 줄 아는 마음을 가져보세요.

181

물 흘러가듯이

—

요즘에는 물 흘러가듯이 그리고 구름이 둥둥 떠다니듯이 살아가고 있어요, 오늘이 며칠인지 무슨 요일인지도 딱히 생각하지 않고 달력이나 컴퓨터를 켤 때 그리고 글을 쓸 때 확인을 하곤 해요. 사실 이것저것 걱정할 것도 많은데 너무 많은 것에 신경을 쓰고 살았고 가장 작은 것부터 큰 것까지 신경 쓰느라 정말 소중한 것들을 놓쳐버릴 때도 있었어요. 그래서 저는 지금 중요한 일들과 소중한 사람들을 빼고는 과감히 단절했습니다. 제가 병원을 가는 날짜는 기억을 해두곤 하지만 계속해서 그것에 신경 쓰는 것은 아니에요, 어차피 병원을 가는 날짜는 제가 기억하고 있지 않아도 요즘 세상이 참 많이 발전해서 다 연락이 오잖아요. 제가 하고 싶은 말은 우리는 너무 많은 것에 신경 쓰고 또 필요하지 않은 일에 집중하거나 별것 아닌 일로 소중한 사람들한테 상처를 주기도 해요, 우리의 마음이 그리고 생각이 안정되지 않는다면 우리가 지금 하는 행동도 말도 좋게 나오진 않을 거예요. 그러니 우리 오늘은 어제보다 조금은 더 자연스럽게 살아봐요, 생각은 구름처럼 둥둥 떠다니게 하고 지금의 삶은 물처럼 유유히 흘러가게끔 살아가봐요. 그리고 가장 중요한 믿음이 가득한 사랑을 하면서 살아가세요.

어제보다 더 자연스러운 오늘을 위해서.

가장 작은 위로와 행복

—

마음속에 작은 한 줄기의 빛을 바라봤고 지금껏 느껴보지 못했던 가장 작은 위로와 행복을 받았다.

어떨 때는 큰 위로나 행복보다는 가장 작은 위로나 행복이 우리에게 더 도움이 될 때가 있어, 난 내가 처참히 무너지고 아무것도 할 수 없었을 때 내 마음속에 가장 작은 한 줄기의 빛을 바라봤고 지금껏 느껴보지 못했던 가장 작은 위로와 행복을 받았어. 그 어떤 위로나 행복보다 가장 작았는데 어떻게 그럴 수가 있었을까, 내가 처참히 무너지고 아무것도 할 수 없었을 때 아무것도 보이지 않고 마음속에 있는 가장 작은 한 줄기의 빛도 바라보지 못 했을 때 그렇게 난 아무것도 할 수 없다고 느꼈는데 그런 나에게 한 줄기의 빛을 보여준 것도 나를 다시 일으켜 세운 것도 가장 작은 위로와 행복 덕분이었어. 이제는 진정한 믿음과 사랑 덕분에 더 많은 위로와 행복을 느끼고 있어.

위로와 행복은 항상 가까이에 있어.

나답게 살아가기 위해

—

　하루를 뭔가에 집중하고 나면 내가 가지고 있는 모든 에너지가 다 사라질 만큼 지금 내 몸도 마음도 많이 아프고 예전과 달리 빨리 지치긴 하지만 그래도 지금이 좋아. 먼 과거부터 가까운 과거까지는 필요에 의해서 가면을 쓰고 살았고 항상 웃는 모습으로 힘들어도 웃고 슬퍼도 최대한 웃으려 하고 그러다 보니 진정한 웃음이 뭔지 잊어버렸고 또 울음마저 잊어버렸어. 누구보다 예민해서 감정을 잘 느끼긴 하는데 아무래도 진정한 나 자신은 감정을 제대로 표현하는 것을 잊어버린 것 같아. 물론 숱한 좌절과 고민 그리고 내가 쌓아올린 모든 것들이 무너졌을 때 필요에 의해서 나를 포장하고 가렸던 그 가면이 벗겨졌을 때 비로소 나는 예전과 달리 더 편해지고 행복에 가까워져 가고 있어, 조금 더 자연스럽게 웃고 또 다른 감정들을 표현하고 무엇이든지 애써서 하는 것이 아니라 마치 물 흘러가듯이 하고 있는 중이야. 아직은 몸도 마음도 많이 아프고 힘들긴 하지만 그래도 이렇게 천천히 살아가다 보면 꾸준히 글을 쓰고 또 꾸준히 병원에 다니면서 치료를 하다 보면 조금은 더 나은 사람이 되어있지 않을까. 나 자신을 돌아볼 줄 알고 다스릴 줄 아는 사람이 되었을 때 비로소 내 주변 사람들에게 그리고 나아가서 더 많은 사람들에게 진정한 믿음과 사랑을 전해줄 수 있겠지, 가장 작은 위로와 행복을 전해줄 수 있을 거야.

　　　　　　　　　　　이제 거짓된 나를 철저하게 버릴 거야.

그 사람

—

옆에 있어주기만 해도 행복이 되어주고 희망이 되어주고 사랑이 되어주는 사람이 있다. 내 마음에 점점 사라지던 빛줄기마저도 다시 환하게 밝혀주는 믿음이 흘러넘치는 사람이 그리고 이토록 힘든 세상을 살아가게 해주는 사람 이토록 거친 길을 아무런 탈 없이 걸어가게 해주는 사람 그렇게 우리에게는 이런 사람이 있다. 물론, 이런 사람이 없는 사람도 존재하긴 하는데 그 이유는 이미 떠나버렸거나 아니면 아직 만나지 못했을 수도 있다. 너무도 좋은 사람이었지만 그대의 똑같은 행동과 똑같은 실수에 실망하고 계속해서 반복되는 상황과 똑같은 울타리에 갇혀서 헤어 나오지 못하는 모습을 보며 떠나버렸거나 아직 그대가 그 소중한 사람을 만나기에 너무 부족한 사람이라서 조금 더 시간이 지나야 그런 사람을 만날 수도 있는 아무래도 아직은 기회가 남아있는 사람이 있긴 하다. 내가 살아가면서 만나는 모든 사람이 다 좋을 순 없고 또 다 나쁠 순 없다 그렇게 살아가는 삶 안에서 내가 어떤 사람을 만나게 될지는 그 어떤 누구도 모르겠지만 그 사람들과의 관계가 어떻게 지속될지는 온전히 나의 책임일 테니까.

그 사람이 떠나기 전에 꼭 붙잡으세요.

소중한 사람

—

　소중한 사람에게 어떻게 행동해야 하고 어떻게 말해야 하는지 배워가고 있는 중이야 항상 곁에 있어주는 사람에게 또 내 말을 전적으로 믿어주는 사람에게 함부로 말하거나 행동하는 것은 도를 지나친 일이라는 걸 세상을 살아가다 보면 알게 되겠지. 그렇게 내 마음대로 또 내가 하고 싶은 대로 마음껏 하다가 점점 내 주변에 사람들은 사라지겠지 어떻게 보면 구름이 비처럼 혹은 눈처럼 세상에 뿌려지는 것 같이 아니면 마치 거품처럼 혹은 먼지처럼 내가 지금까지 쌓아온 인간관계들이 그렇게 바람과 함께 날아가 버리는 거야. 남을 것은 남고 또 남을 사람도 남을 테지만 지금껏 남아있는 사람들에게는 더욱더 잘해줘야 할 테고 나를 떠난 사람들은 왜 나를 떠났는지 그에 대한 이유도 알아야 할 거야. 사실, 완벽한 사람은 없어 그래서 우리는 삶을 살아가면서 배우고 또 알아가며 후회하고 또 반성하며 살아가야 하는 거야. 우리는 정말로 부족한 사람들이지만 서로가 서로에게 부족한 점들을 채워주고 알려줄수록 우리는 점점 더 나은 삶이 또 더 나은 사람이 될 수 있겠지.

　　　　　　　　　　나는 조금은 더 좋은 사람이 될 수 있을까.

자연

—

아주 개운하고 시원한 바람이 불었어 뭐랄까 마치 지금까지 받아왔던 모든 근심과 걱정 그리고 고민이 바람에 휩쓸려 저 어딘가로 날아가 버리는 아주 개운하고 시원한 바람 말이야. 참, 자연은 거짓말을 하지 않는 것 같아 나에게 필요 없는 것들은 가져가 주고 내가 숨기고 살아왔던 것들도 다 가져가 주니까 자연 앞에서는 모든 게 다 드러나는 것 같아 나의 실수도 아픔도 상처도 그리고 행복도 기쁨도 즐거움도 아무래도 모든 감정이 다 아낌없이 나올 수 있게 해주는 원동력인 것 같아. 그렇게 어지럽고 힘든 세상을 살아가다가 자유롭고 따뜻한 자연 앞에 한 발자국 내민다면 잃어버렸던 자신감도 잊어버렸던 믿음도 좌절하고 절망에 빠졌던 나 자신도 아주 천천히 일어설 수 있겠지. 이렇게 믿음이라는 게 참 신기해 아주 온전한 믿음으로 세상을 살아간다면 세상에 있는 모든 것들이 다 아름답게 보일 수밖에 없으니까. 아니, 이 세상에 있는 모든 것은 원래부터 다 아름다웠으니까.

자연은 우리한테 행복을 주겠지.

에필로그

우리는 그렇게 행복을 알아가는 거야

지나가는 나날을 적어 내려가는 중에 한 가지 알게 되었던 것은 행복해지는 방법도 아니고 행복을 알아가는 방법이었어.

행복은 보이지 않는 곳에 있는 게 아니었거든.

행복은 찾으려고 노력하면 나오는 것이 아니라 내 주변에 있는 나도 모르게 쌓여왔던, 만들어졌던 행복을 알아가는 거야. 평범한 일상의 행복 같은 것 말이야. 가족이랑 함께 밥을 먹거나 쉬는 날에 친구들과 같이 가까운 곳으로 여행을 가는 것처럼 말이야. 내가 사랑하는 사람과 함께 즐겁게 지내는 것도 행복이겠지. 행복을 멀리서 찾으려고 하지 마. 그 당연한 생각을 바꾸고, 행복을 찾아야 한다는 기본적인 마음의 틀을 깨버리고 나면, 비로소 보이는 게 가장 가까운 곳에서 가장 가까운 사람들과 보내는 행복한 하루니까.

행복을 알아가는 방법은 그렇게 어렵지는 않아. 일상의 행복을 고스란히 받아 내는 거야 네가 생각하는 가장 평범한 하루를 가장 소중한 사람들과 보낼 때 비로소 행복을 알 수 있을 거야. 소중한 사람들과 자주 먹었던 음식을 먹거나 아니면 사진을 찍고 추억을 남길 수 있는 장소에 가서 하루 이틀 정도를 머물면서 즐거운 나날을 보내는 것도 하나의 방법이겠지. 너와 마음이 맞는 사람과 함께 가장 좋아하는 것을 하는 것도 좋을 거야 음, 나 같은 경우에는 글을 쓰는 걸 좋아하니까 내 글을 읽어주는 사람과 이야기를 하기도 하고 아니면 내가 시간이 있을 때마다 하는 게임을 같이 할 수 있는 친구들과 만나서 질릴 때까지 게임을 하는 거였어.

아니면 요리를 하는 것도 좋아하기 때문에 내 요리를 먹어줄 사람과 함께 요리하면서 같이 만든 요리를 즐겁게 먹는 것도 좋은 것 같아. 그리고 난 사진을 찍는 것도 좋은 활동이라고 생각해서 사진을 찍으며 추억을 남기고 생각을 비워내는 사람들의 사진을 보면서 행복을 느끼기도 해. 그리고 나도 가끔은 밖에 돌아다닐 때 사진을 찍어서 내가 그 사진을 찍을 때의 감정과 추억을 남겨놓고는 하지 또 그걸 다시 볼 때의 기분과 그 사진을 찍었을 때의 기분을 비교하고는 해. 그렇게 사람마다 본인의 행복을 알아가는 방법은 다양한 것 같아. 그리고 그렇게 행복을 알아가는 방법을 공유하고 알려주면서 사람들은 또 다른 행복을 알아가는 것 같아, 지금까지 느껴보지 못했던 새로운 행복을 말이야.

그렇게 행복한 미소를 지으면서 행복을 알아가는 나날들을 보내게 되었을 때는 이미 그 사람에게서는 행복의 향기가 천천히 흘러나올 거야. 마치 보고만 있어도 행복해지는 느낌이 드는 그런 향기가 은은하게 퍼져 나가겠지. 이토록 평범한 일상은 중요한 것 같아. 사실, 평범하게 사는 게 힘들다는 것은 모두 알고 있을 거야. 나도 지금 평범한 일상을 보내려고 하는데 정말 하루하루가 힘들어서 고달플 때가 한두 번이 아니거든 잠을 많이 잘 때도 있고 많이 못 잘 때도 있는데 그렇게 평범하지 않은 일상들을 보내고 나면 마치 이 평범하지 않은 일상들이 점점 평범한 일상이 되어가고 있는 느낌이 들어. 그래서 나는 생각을 조금 바꿔 먹었어. 평범하지 않은 일상들조차도 평범하게 만들 만큼 행복한 마음을 가질 거라는 생각 말이야. 아무래도 힘들 수도 있겠지만 그래도 행복을 알아가는 방법을 어제보다 조금은 더 알 수 있었기 때문에 가능할 것 같아.

평범하지 않은 일상조차도 평범해질 거야.

행복은 알아볼 수 없는 상태로 있는 것도 아니고 행복은 알 수 없을 정도로 뭉개져 있는 것도 아니야 그저 내 몸과 마음의 상태가 그걸 찾아보려고만 하고 있지 바로 내 눈앞에 있는 것을 보지 못하고 그저 저 먼 곳만 바라보고 있으니까 말이야. 내 곁에 있는 사람들도 나에게 행복을 줄 수 있는 그리고 알려줄 수 있는 사람들이고 그런 행복을 받은 나조차도 내 주변 사람들에게 행복을 주고 행복을 알려줄 수 있는 사람이 될 수 있을 테니까.

행복은 생각보다 가까이에 있으니까.

지나가는 나날

사랑하는 우리 가족들과

4년이라는 소중한 시간을 보낸 대학교 친구들과

추억이라는 단어가 어울리는 정말 고마운 고등학교 친구들

또 항상 좋은 음악을 사람들에게 들려주며 나에게 영감을 주고

마음을 울리며 귀를 행복하게 해주는 분들과

제 부족하지만 자연스럽게 써 내려가는 글을 적게 해주신

마음세상 출판사의 모든 분들과

이 책을 쓰게 해주신 살아계신 하나님 아버지에게 감사와 찬양을

그리고

제 글을 읽어주시는 모든 분들에게 고맙습니다.

오늘도 행복하시기를 바라며 지나가는 나날을 적습니다.

지나가는 나날을 정리하며

이동훈 씀

도움을 주신 분들

처음에 얼떨결에 시작하게 되었던 이 모임을 계속 이어나가게 해주는 모든 온새미로 멤버 여러분들 그리고 지금은 멤버가 아니지만 잠시나마 온새미로의 멤버였던 모든 분들과 한창 힘들고 또 생각이 많아지던 날들에 제 이야기를 들어주시고 제가 나아갈 길을 알려주셨던 임은경 교수님 외에 다른 분들과 저의 지나가는 나날의 기록들을 항상 읽어주시고 응원해주시는 이름은 밝힐 수 없지만 몇몇 소중한 독자분들 그리고 SNS에 올리는 글을 편집해서 올릴 때 제가 원하던 느낌의 소중한 추억이 담겨있는 사진을 선뜻 내어주셨었던 민영 님, 정은 님, 효석 님, 정도 님, 정아님과 명호 형 외에 다른 분들에게 고맙다고 말씀드리고 싶습니다.

모든 분들에게 고맙습니다.
행복하세요.